Britta Kummer

Gedankenkarussell
–
Eine literarische Reise

© 2023 Britta Kummer
2. Auflage

Alle Rechte vorbehalten!
Nachdruck, auch auszugsweise, verboten.
Kein Teil dieses Werkes darf ohne schriftliche Genehmigung der Autorin in irgendeiner Form reproduziert, vervielfältigt oder verbreitet werden.

Satz: Britta Kummer
Covergestaltung: Britta Kummer
Webseite: http://brittasbuecher.jimdofree.com
E-Mail: info.britta-kummer@t-online.de

Illustrationen htttp://pixabay.com/

ISBN: 978-3-7392-4553-9

© 2023 Herstellung und Verlag:
BoD – Books on Demand,
Norderstedt
www.bod.de

Bibliografische Information der Deutschen Nationalbibliothek: Die Deutsche Nationalbibliothek verzeichnet diese Publikation in der Deutschen Nationalbibliografie; detaillierte bibliografische Daten sind im Internet über http://dnb.dnb.de abrufbar.

Britta Kummer

Gedankenkarussell
#
Eine literarische Reise

Die Personen und Handlungen in diesen
Geschichten sind frei erfunden.
Ähnlichkeiten mit lebenden oder verstorbenen
Personen sind rein zufällig und nicht beabsichtigt.

Ein besonderes Dankeschön
an meine Gastautoren
Reinhold Kummer,
Christel Kummer,
Christine Erdiç und
Gudrun Krug.

INHALTSVERZEICHNIS

Vorwort	6
Zum Nachdenken	7
Lebe dein Leben jetzt	8
Aufgeben oder Aufstehen?	10
Dumme muss es auch geben	12
Ist der Mensch menschlich?	14
Meine „Gedanken"!	17
Manipulation, Mobbing und Provokation	20
Rocky	21
Lucy	23
Kalli und Irmi	26
Weihnachten an einem fremden Ort	29
Für immer und dich	32
Der orangene Blitz	35
Traurig und doch glücklich	38
Heimaterinnerungen	43
Mutmacher	46
Joschi	47
Alle Vögel sind schon da	52
Der Frühlingstanz	56
Märchenhafte und fantasievolle Welten	60
Der verzauberte Frühling	61
Zu Besuch bei Tante Trude	64
Robin	68
Das schwarze Einhorn	76
Das wahre ICH	85
Sternenstreif	94
Von Kunigunde, Hieronymus und Willibald	99
Buchtipp: Willkommen zu Hause Amy Teil 1 und 2	102
Kinderbuchreihe Nepomuck und Finn	104
Danke	109
Autorenprofil	110

Vorwort

Ich möchte Sie in diesem Buch auf ein interessantes Lesevergnügen, eine literarische Reise mitnehmen.

Erleben Sie Texte zum Nachdenken, Mutmacher und Geschichten, die in fremde, märchenhafte und fantasievolle Welten entführen.

Viel Spaß beim Eintauchen in dieses Gedankenkarussell!

Zum Nachdenken

Erleben Sie Texte zum Nachdenken. Vielleicht finden Sie sich sogar in der einen oder anderen Geschichte sowie Situation wieder.

Lebe dein Leben jetzt

Lebe dein Leben jetzt – lebe jeden Tag, als wäre es dein letzter. Worte, die jeder von uns schon einmal gehört hat. Aber nehmen wir sie an?!

Dazu fällt mir eine kleine Geschichte ein.

Mein Opa hatte damals für meine Oma eine ganz besondere Kette gekauft, die er ihr schenken wollte, aber leider kam er nie dazu.

Er hatte vor, sie ihr am Tag ihres 70-jährigen Kennenlernens zu überreichen. Schließlich war Oma die Liebe seines Lebens. Alle Höhen und Tiefen hatten sie gemeinsam durchlitten. Und deshalb wollte er ihr an diesem besonderen Datum eine große Freude machen. Etwas erfüllen, was sie sich immer gewünscht, aber nie bekommen hatte.

Er hatte lange auf dieses besondere Stück gespart. Es ging ihnen zwar finanziell nie schlecht, aber große Sprünge konnten sie sich nicht leisten. Umso mehr freute er sich darauf, ihre großen Augen zu sehen.

Fast über ein Jahr versteckte er das Kästchen mit der Kette immer wieder an einem anderen Ort, damit seine Frau es nicht durch Zufall entdeckte.

Doch es kam alles anders. Zwei Wochen vor ihrem Jubiläum erkrankte meine Oma sehr schwer. Sie wurde ins Krankenhaus eingewiesen, und dort stellte man fest, dass sie eine Lungenentzündung hatte. Die Ärzte taten alles, was sie konnten, aber leider vergebens. Meine Oma verstarb einen Tag vor ihrem großen Ehrentag. Ich brauche natürlich nicht groß zu erwähnen, dass für meinen Opa eine Welt zusammenbrach. Er machte sich Vorwürfe, dass er seiner Frau nie all das hatte geben können, was sie sich wünschte.

Nachdem dann meine Oma beerdigt war, half ich meinem Opa dabei, die Wohnung aufzulösen. Er wollte dort einfach nicht mehr leben. Zu viele Erinnerungen quälten ihn. Er hatte sich entschlossen, in eine Seniorenresidenz zu ziehen, um dort den Rest seines Lebens zu verbringen. Weit ab von allem Kummer und Schmerz. Eine

Entscheidung, die er nie bereute. Als ich eine Schublade durchstöberte, fiel mir eine Schachtel in die Hände. Ich schaute ihn fragend an, und so erfuhr ich die ganze Geschichte. Ich konnte nicht anders, die Tränen liefen mir übers Gesicht. Ich nahm ihn in den Arm und hielt ihn ganz fest.

Dann sagte er nur: „Hebe niemals etwas für einen besonderen Anlass auf. Jeder Tag, den du erlebst, ist besonders! Lebe dein Leben jetzt – lebe jeden Tag, als wäre es dein letzter."

Worte, die ich mir sehr zu Herzen genommen habe und die mein Leben veränderten. Immer wenn ich die Kette, die nun meinen Hals ziert, in die Hand nehme, sehe ich meinen Opa vor mir, wie er mir das sagte.

Heute lebe ich viel bewusster. Ich verbringe mehr Zeit mit meiner Familie sowie Freunden und genieße es. Wenn ich mir etwas kaufen möchte, tue ich es und schiebe es nicht auf die lange Bank. Ich gönne mir mal Ruhe und versuche nicht zu funktionieren, nur um anderen zu gefallen. Ich lebe mein Leben hier und jetzt, weiß zu schätzen, was ich habe und freue mich darüber.

Wörter wie „irgendwann, später oder vielleicht" habe ich aus meinem Kopf verbannt. Letztendlich hat diese Kette, die diese traurige Geschichte meiner Großeltern verkörpert, dafür gesorgt, dass ich ein neues, bewussteres Leben begonnen habe – einen neuen Lebensabschnitt.

Vielleicht sollten auch Sie, liebe Leser einmal darüber nachdenken. Wann haben Sie das letzte Mal einem geliebten Menschen oder sich selbst eine Freude gemacht? Bedenken Sie immer: aufgeschobene Zeit ist verlorene Zeit!

Aufgeben oder Aufstehen?

Um es vorweg zu nehmen: Ich leide an der bis dato unheilbaren Krankheit Multiple Sklerose (MS). Sie ist das facettenreichste Krankheitsbild der Neurologie. Diese Krankheit stellt das Leben eines Betroffenen völlig auf den Kopf. Sie ist nicht nur eine Krankheit mit 1000 Gesichtern, sondern auch mit 1000 Fragen. Eine davon WARUM? Aber das Leben geht weiter … eben nur anders als bisher.

Eine Situation, die Sie mit Sicherheit auch kennen:

Sie haben sich für den Tag so viel vorgenommen.

Doch schon bereits beim Aufstehen wird klar, heute wird das nichts.

Und im Grunde ist der Tag bereits gelaufen, bevor er begonnen hat.

Der Kopf sagt zwar JA, aber der Körper NEIN.

Für einen MS-ler normal, denn großartig planen kann man bei dieser heimtückischen Krankheit nicht.

Es ist ein Wechselbad der Gefühle.

Wenn ich dann manchmal mitbekomme, über was sich einige Mitmenschen beschweren, könnte ich mir die Haare raufen.

Jammern auf hohem Niveau könnte man das auch nennen.

Ob die überhaupt wissen, was es bedeutet, aufgrund einer Erkrankung kein geregeltes Leben führen zu können.

Wenn ich nur diese Sorgen hätte, ginge es mir richtig gut, sage ich mir dann immer.

Aber so schlimm auch alles ist, man lernt, damit umzugehen.

Wenn Du meinst, es geht nicht mehr, kommt von irgendwo ein Lichtlein her.

Es gibt immer einen Weg, aus allem etwas Gutes zu machen.

Der Schlüssel dazu: eine positive Einstellung.

Was würden Sie tun?

Den Kopf in den Sand stecken oder sich im Schneckenhaus verkriechen?

Eine Option, die für mich ein Fremdwort ist.

Denn es ist völlig klar: Zwingt uns das Leben in die Knie, haben wir die Wahl, liegen zu bleiben oder wieder aufzustehen.

Ich stehe wieder auf – und das Tag für Tag.

Dann heißt es: Kopf hoch, Krönchen richten und weiterkämpfen.

Und Sie?

Dumme muss es auch geben

Aus dem Leben eines Autors.

Oder: Eine Krähe hackt der anderen auch gerne mal ein Auge aus. Oder: Es ist so viel einfacher, sich auf Dritte zu verlassen.

Der Traum vom eigenen Buch. Viele Menschen hegen diesen Wunsch und erfüllen ihn sich auch. Und wenn man dann endlich das eigene Werk in Händen hält, ist dies ein Gefühl, welches man nicht in Worte fassen kann.

Doch was nun? Wie schaffe ich es, dass mein Buch bekannt wird? Eine Frage, die sich jeder Autor stellt – und eigentlich beginnt auch jetzt erst die richtige Arbeit. Das Schreiben der Texte ist dagegen ein Leichtes.

Die örtliche Presse sowie Mundpropaganda von Familie und Freunden sind immer ein guter Schritt. Lesungen zu organisieren ebenso, denn die Leser lernen gerne das Gesicht, welches hinter einem Buch steckt, kennen. Zusätzlich hat man die Möglichkeit, auf das Internet zuzugreifen. Es gibt zahlreiche freie Presseportale, ebenso genug Internet/Onlineportale, auf denen man Werbung für sein Werk sowie mit wenig Aufwand Aufmerksamkeit erlangen kann. Voraussetzung ist natürlich, man will das auch. Und da trennt sich leider die Spreu vom Weizen.

Viele Autoren nehmen es ernst, und bemühen sich auch, ihr „BABY" in die weite Welt hinauszutragen. Sie stecken all ihr Herzblut hinein und haben sogar noch Zeit, Kollegen zu unterstützen. Aber es gibt leider auch die, die meinen, ist das Buch erst einmal geschrieben, kommen der Erfolg und die „Millionen" von selbst. Jedoch sieht die Realität anders aus!

Eine einfache Option ist, sich auf Dritte zu verlassen. Natürlich ist es viel leichter, so Lorbeeren zu ernten, ohne etwas dafür zu tun. Da sind die lieben Autorenkollegen/Kolleginnen, die gerne unterstützen, weil er/sie ebenfalls wissen, wie schwer es ist, ein Buch zu vermarkten. Das nimmt man natürlich gerne an, muss man sich doch keine eigenen

Gedanken machen und kann sich auf die faule Haut legen. Etwas auf dem goldenen Tablett geliefert zu bekommen, ist ja sooo viel einfacher, als selbst Hand anzulegen. Aber ist es nicht viel schöner, etwas aus eigener Kraft zu schaffen? Das eigene Heft in die Hand nehmen und nicht andere ausnutzen.

Ja sicher, Dumme muss es auch geben. Diese Personen, die helfen und unterstützen wollen, ohne an den eigenen Vorteil zu denken. Und genau die sind es, die oft mit Füßen getreten werden. Und das gibt es nicht nur in der Autorenwelt, sondern überall. Bloß der eigene Vorteil zählt.

Ein schönes Sprichwort sagt: Eine Krähe hackt der anderen das Auge nicht aus. Soll bedeuten: Seinesgleichen schont man, unter Kollegen/Gleichgesinnten hält man zusammen. In der Wirklichkeit ist es allerdings anders. Da hackt man gerne ein anderes Auge aus, um sich einen eigenen Nutzen zu verschaffen.

Natürlich kann man nicht alle Menschen über einen Kamm scheren, aber für viele zählt heutzutage nur der eigene Vorteil. Die Ellbogengesellschaft regiert. Die Gattung, die ehrlich und aufrichtig um andere Personen bemüht ist, stirbt leider aus. Denken Sie doch einmal darüber nach. Wie nah ist Ihnen Ihr Hemd? Wie weit würden Sie gehen? Ohne Rücksicht auf Verluste oder auch mal an Dritte denken und helfen, ohne Hintergedanken zu haben. Eine Frage, die jeder nur für sich selbst beantworten kann.

Ist der Mensch menschlich?

Diese Frage entstand bei mir aus Erlebnissen in vielen Lebenssituationen und beschäftigt mich seit langer, langer Zeit. Ich musste erleben, dass Werte wie: Charakter, Verständnis, Toleranz, Ehrlichkeit, respektvolles Miteinander sowie die menschlichen Zwischenbeziehungen nur noch sehr wenig bzw. nichts mehr bedeuteten.

Es gibt Individuen, ich nenne sie mal „Sucher", die gezielt nach Personen forschen, die auf sich aufmerksam gemacht hatten. Diese Neulinge werden für ihr Tun bewundert, gelobt und es wird Hilfe für ihre Tätigkeit angeboten. Eine Gegenleistung wird nicht erwartet. Bereits bei dieser Aussage hätten die Alarmglocken erklingen müssen. Jedoch befand man sich in einem berauschenden Zustand und glaubte, dass man der Größte sei. Aber die Dinge änderten sich ...

Der in den Focus des „Suchers" geratene Neuling ging aktiv seiner Beschäftigung nach. Fairerweise muss man sagen, dass der „Sucher" seine angebotenen Unterstützungen einbrachte. Im Laufe der Zeit entstand hin und wieder die Frage: Welche Ziele verfolgte der „Sucher" mit seiner Vorgehensweise?

Aufgrund der Unerfahrenheit waren für den Anfänger keine negativen Eindrücke erkennbar. Eine Vielzahl von neuen Kontakten stellte sich ein. Das Tätigkeitsfeld wurde umfangreicher und interessanter. Alle Betroffenen zogen daraus ihren Nutzen und genossen die gemeinschaftliche Zusammenarbeit.

Es wurde leider nicht bemerkt, dass der „Sucher" in diesem Konzert unbedingt und führend mitspielen wollte. Also wurden Kontakte zu Personen dieser Gemeinschaft aufgenommen. Es gelang, die Fäden für seine Absichten zu knüpfen. Plötzlich wurden Unwahrheiten verbreitet, Beschuldigungen ausgesprochen. Die Beteiligten erhielten unterschiedliche Versionen dieser Erdichtungen. Es gibt wahre Meister, die sich als Unschuldslamm bezeichnen und anderen den „Schwarzen Peter" zuschoben. Das Ergebnis: Das geschaffene Vertrauen erhielt einen Tritt in den Allerwertesten. Gegenseitige Verdächtigungen bis hin zu massiven Beschimpfungen unter den Betroffenen waren an der Tagesordnung. Die Kontakte brachen auseinander.

Was bewegt den Menschen, Zwietracht zu säen?

Streben nach Macht?

Den anderen zu seinem Nutzen zu formen?

Den anderen durch geplante, aber verdeckte Einflussnahme zu ändern?

Dann stellte sich heraus, dass es nicht so war, wie man selbst geglaubt hatte. Man erlangte Klarheit und orientierte sich um. Das wiederum fand der agierende Sucher nicht toll. Der wahre Charakter kam zum Vorschein. Jetzt war Schluss mit lustig … Danach folgten massive Drohungen und Verleumdungen.

Im wahren Leben laufen die Dinge meist anders als gedacht. Man nahm sein Herz in die Hand und Kontakte zu den Personen auf, von denen man sich seinerzeit getrennt hatte. Eine mutige aber richtige Entscheidung. Nach einer Vielzahl von Gesprächen wagten alle Beteiligten einen Neuanfang. Diesen Weg zu gehen hat keinem geschadet. Im Gegenteil: Inzwischen verläuft das neue Miteinander geradlinig. Alle Beteiligten wissen, dass noch ein langer Weg zu beschreiten ist, um das seinerzeitige, gegenseitige Vertrauen wieder zu erlangen. Damit hatte der „Sucher" nie und nimmer gerechnet. Hier passt die Aussage: Eine Tür schließt sich, und viele neue Türen öffnen sich …

Nach einigen Monaten der Ruhe gab es eine erneute hinterlistige Handlung. Der Grund dazu: Eine Autorin hatte eine lang gehegte Idee verwirklicht. Und zwar eine „Anthologie" zugunsten eines Vereins, der sich um krebskranke Kinder, Jugendliche und junge Erwachsene kümmert. Eine große Anzahl von Mitwirkenden steuerten eine Geschichte bei. Das Wunderbare an dieser Aktion: Alle Beteiligten verzichteten auf den Verdienst aus dem Verkauf der Bücher zugunsten des Vereins.

Ja, dann geschah das Ungeheuerliche. Der Verein erhielt einen Anruf von einer weiblichen Person, einer Dame, NEIN, diese Bezeichnung geht wohl fehl, eher einer Intrigantin. Der Verein solle seinen guten Namen nicht für das Buchvorhaben hergeben, weil das negative Folgen haben könnte. Danach folgte ein Abgesang von Schlechtigkeiten über die Autorin. Die Gesprächspartnerin empfand diesen Anruf sehr missgünstig und hat das Gespräch beendet. Die Anruferin hat gezielt und bewusst Unwahrheiten verbreitet, um der Autorin zu schaden. Das war Rufschädigung unter Missachtung von sozialen Normen …

Eine Rechtfertigung für diesen niederträchtigen Anruf gibt es nicht. Gründe dafür könnten sein: Neid, niedriger Schwellenwert für aggressives Verhalten, Manipulation, z.B. jemanden durch Worte dazu zu bringen, das zu tun, was der Andere rät, fehlendes Schuldbewusstsein, usw.

Fazit: Bedauerlicherweise gibt es Menschen, die das Böse säen, weil Ihnen der Respekt gegenüber Dritten fehlt. Ferner sind sie aufgrund ihrer einseitigen Sichtweise sowie unsauberer Attacken ein ablehnendes Beispiel für unsere Gesellschaft. Das Leben ist zu kurz, um boshaft zu sein. Jeder Mensch sollte die Welt mit seinem Handeln etwas besser machen, nicht schlechter.

DANKESCHÖN an meinen Vater Reinhold Kummer, dass ich seine Gedanken hier mit Ihnen teilen darf.

Meine „Gedanken"!

Die Gedanken sind frei.

Wer kann sie erraten?

Sie fliehen vorbei,

kein Mensch kann sie wissen,

kein Jäger erschießen.

Es bleibt dabei,

die Gedanken sind frei.

Bei diesem Text handelt es sich um die 1. Strophe des Volksliedes von ca. 1790. 1841 hat Hoffmann von Fallersleben das Lied bearbeitet.

„Die Gedanken sind frei" ist ein politisches Lied. Es geht auf die Zeit der Unterdrückung durch willkürherrschaftliche Monarchen gegen Ende des 18. Jahrhunderts zurück.

Was ist ein Gedanke? Wie entsteht ein Gedanke?

Zwei schwierige Fragen.

Bei mir entstehen Gedanken durch einen Anstoß von außen, z.B. durch „Sehen, Hören, Lesen, Riechen, Gespräche." Die Folge: oft eine Handlung meinerseits. Das bedeutet für mich, dass Denken und Handeln miteinander verbunden sind.

Ferner bin ich davon überzeugt, dass das Gehirn ständig damit beschäftigt ist, den Menschen dabei zu helfen, Gedanken in Handlungen zu bringen.

Ein Beispiel:

Beim Einkaufen in der Stadt blieb ich vor dem Schaufenster einer Buchhandlung stehen. Mein Gedanke: Ich könnte ja mal wieder ein Buch lesen. Meine konkrete Vorstellung: Fantasy. Im Geschäft fand ich eine große Auswahl über Gut gegen Böse, Drachen, Zauberer, Kobolde, Zwerge usw. Wie aber diese vielen Protagonisten in einem Buch zusammenführen?

Ich entschied mich für eine Buchreihe über einen Drachen. Wie sich dann herausstellte, ein guter Kauf. Die Fantasy darf bei den Menschen nicht aussterben …

Wenn ich nach der Tagesarbeit zur Ruhe komme oder ins Bett gehe, werden die tagsüber erlebten Situationen wieder präsent. Ich habe dann den Eindruck, dass ich mit mir selbst spreche. Aber nein, das ist nicht möglich. Vermutlich spielt mir mein Kopf einen Streich. Dennoch führen diese Gedanken bei mir zu Lösungsversuchen, also Pragmatismus.

Am besten wäre es, meine Gedanken abzuschalten, damit sich diese Abläufe nicht ständig wiederholen. Geht das wirklich? Bei mir: NEIN …

Über dieses Thema habe ich mit einigen Kollegen gesprochen, die sich darüber amüsiert haben. Aussagen wie: Du spinnst oder trink einige Biere, dann ist dein Kopf berauscht und leer. Eine Hilfe waren diese Bemerkungen nicht. Ein anderer Arbeitskumpel meinte: „Versuche Kontrolle über deine Gedanken zu bekommen, weil, ich sage mal, dein Gedankenkarussell darf dich nicht beherrschen. Einen Lösungsansatz kann ich dir leider nicht nennen!"

Der Zufall kam mir zu Hilfe. Ich lag im Bett, schloss die Augen und dachte: Wie schön wäre es, jetzt im Urlaub zu sein?! Das erste gedankliche Bild, das ich sah, war meine Nordsee-Trauminsel. Ich saß am Strand, ein Glas gekühlten Weißwein in der Hand und schaute auf die ruhige, weite See. Die Schiffe am Horizont waren nicht größer als

Streichholzschachteln. Kein Gedankenkarussell … darüber bin ich dann eingeschlafen.

Diese Methode werde ich weiter testen. Allerdings auch mit anderen nachhaltigen Erlebnissen in meinem bisherigen Leben …

© Reinhold Kummer

Manipulation, Mobbing und Provokation

Manipulation, Mobbing und Provokation. Das hört sich an wie in einem schlechten Film, entspricht aber leider der Realität. Einer gönnt dem Anderen nicht einmal mehr das Schwarze unter dem Fingernagel. Die Ellbogengesellschaft regiert die Welt. Muss das wirklich sein?

Wieso tun Menschen so etwas? Der Täter möchte im Mittelpunkt stehen und Aufmerksamkeit durch sein Tun erlangen. Er will zeigen, dass er besser ist als sein Gegenüber. Oft werden sogar andere Menschen dazu angestachelt, bei diesen Intrigen und Schikanen mitzumachen. Schade, dass es so etwas gibt.

Ohne Rücksicht auf Verluste wird vorgegangen, nur an den eigenen Vorteil denkend. Ein Spiel, das niemand gewinnen kann!

Bereits Wilhelm Busch sagte:

„Der Neid ist die aufrichtigste Form der Anerkennung."

„Wir mögen keinem gerne gönnen, dass er was kann, was wir nicht können."

Mit diesen Zitaten trifft er den Nagel auf den Kopf.

Ein anderes Sprichwort sagt: „Was du nicht willst, dass man dir tut, das füg auch keinem anderen zu."

Diese Worte sollte sich jeder zu Gemüte führen. Das hat nichts mehr mit Spaß zu tun. Vielleicht sollte jeder einmal darüber nachdenken, bevor er bewusst anderen Personen schadet. Vielleicht ist er beim nächsten Mal selbst derjenige, der zum Opfer wird.

Rocky

Hallo, ich würde mich gerne vorstellen. Mein Name ist Rocky, und ich bin ein großer, stattlicher Schäferhund. Ich wurde dazu ausgebildet, Menschen mit Einschränkungen zu helfen. In meinem Fall waren es blinde Menschen. Ich war sehr stolz darauf, mithelfen zu können, diesen Personen ihr Leben zu erleichtern.

Mein Mensch war etwas Besonderes. Sie war ein 16-jähriges Mädchen mit dem Namen Jenny. Jenny wurde durch einen tragischen Unfall mit 10 Jahren blind. Sie hatte zwar gelernt, damit umzugehen, dennoch gab es genug Gefahren und Situationen, die sie ohne meine Hilfe nicht bewältigen konnte.

Ich war immer an ihrer Seite. Gemeinsam gingen wir durch dick und dünn. Sie verließ sich auf mich, und das war das Beste, was sie machen konnte. Lag ein Stein im Weg, kam eine große Stufe, immer war ich zur Stelle, um sie vor diesen Gefahren zu warnen. Je nachdem wie ich reagierte, wusste mein Mädchen sofort, dass es irgendwo ein Hindernis gab. Ich war ihr Auge - und das erfüllte mich mit Stolz. Durch ihre Zuneigung und Liebe gab Jenny all das wieder zurück, was ich für sie tat. Sie gab mir sogar viel mehr zurück, als ich jemals für sie tun konnte. Ich konnte mir mein Leben ohne sie gar nicht mehr vorstellen.

Eines Tages passierte etwas, wofür ich mir bis heute noch Vorwürfe mache. Jenny war ausnahmsweise einmal ohne mich unterwegs. Mir ging es an diesem Tag nicht gut. Sie wollte mir deshalb einen Ruhetag gönnen, und so ging sie mit ihrer Mutter nach draußen. Und da passierte es auch schon. Ein Auto raste heran. Jennys Mutter bemerkte das Auto zu spät - und schon war es geschehen. Sie wurde von dem Wagen erfasst und stürzte. Durch diesen Sturz erlitt sie eine schwere Kopfverletzung und brach sich den Arm. Sie verlor das Bewusstsein. Ich weiß genau, wäre ich dabei gewesen, hätte man diesen Unfall verhindern können.

Ich konnte überhaupt nicht begreifen, warum Jennys Mutter alleine nach Hause kam. Sie streichelte mir kurz über den Kopf, aber das war nicht wie sonst. Ich wusste sofort, dass etwas Schlimmes passiert war.

Drei Tage vergingen, aber meine geliebte Jenny tauchte nicht auf. So langsam machte ich mir Sorgen. Es vergingen weitere zwei Tage. Dann wurde ich ins Auto gesetzt, und die Fahrt ging los. Im Moment wusste ich nicht so genau, was los war, vielleicht bekam ich ja gleich Antworten auf meine Fragen. Es dauerte nicht lange. Als ich aussteigen durfte, sah ich ein großes Gebäude mit einem Park. Dort auf einer Bank saß mein Mädchen. Gott-sei-Dank, sie lebte. Schnell lief ich zu ihr. Sie sah komisch aus mit all diesen weißen Binden. Ein großes Pflaster war auf ihrer Stirn. Ansonsten machte sie einen normalen Eindruck.

Als ich vor ihr stand, ließ ich meiner Freude freien Lauf. Ich bellte und stupste sie an. So etwas tat ich sonst nie, aber da sie auf einer Bank saß, konnte sie nicht umfallen oder sich verletzen. Auch sie freute sich, mich wieder um sich zu haben, denn sie drückte mich ganz fest an sich. Ich zog diese Berührung wie ein nasser Schwamm in mich auf und genoss es in vollen Zügen.

Von diesem Tag an ging Jenny nicht mehr ohne mich aus dem Haus. Sie konnte sich auf mich verlassen. Ich war ihr Schutzengel. Meine Sinne sind nun einmal besser als die eines Menschen.

Es kann einen schon mit Stolz erfüllen, gebraucht zu werden. Für einen Hilfsbedürftigen so wichtig zu sein, war für mich das Größte. Das, was ich zurückbekam, war unbezahlbar, nämlich Liebe.

Würden viele genauso denken wie ich - und damit meine ich diesmal die Menschen, könnte man vielen das Leben erleichtern. Mal an andere denken, und nicht immer nur an den eigenen Vorteil, wie es heutzutage meist üblich ist, tut nicht weh. Und selbst wenn man nur ein Lächeln oder Danke zurückbekommt, hat sich die ganze Mühe gelohnt. Wann haben Sie das letzte Mal jemandem geholfen, ohne an die eigenen Vorteile zu denken? Einfach mal darüber nachdenken.

Lucy

Lucy lebte schon zwei Jahre bei ihrem Frauchen Melanie. Sie liebte ihren Menschen über alles und war immer für ihn da. Ging es ihr schlecht, versuchte Lucy Melanie aufzuheitern. Genauso auf der Gegenseite. Melanie war richtig vernarrt in ihren Hund, obwohl Lucy nicht gerade eine Schönheit war, aber das liegt ja bekanntlich im Sinne des Betrachters. Ihr fehlte ein Auge, und auf einem Bein war sie lahm. Melanie war das egal. Für sie war Lucy der perfekte Hund, den sie von ganzem Herzen liebte.

Als sie zusammenkamen, war es Liebe auf den ersten Blick. Melanies Hund war verstorben, und um die Trauer schnell zu vergessen war für sie klar, es muss ein neuer Hund in ihr Leben. Sie machte sich auf den Weg ins Tierheim, und als sie von Lucys Schicksal hörte, war es um sie geschehen.

Lucy kam damals aus dem Ausland ins Tierheim. Dort war sie durch einen Unfall schwer verletzt worden. Leider wurden ihre Wunden nicht richtig behandelt, und deshalb blieben diese kleinen Schönheitsfehler zurück. Deswegen wollte sie dort keiner. Sie sollte sogar getötet werden. Ihre letzte Rettung war das Tierheim in Deutschland, aber auch hier interessierte sich niemand für sie.

Als Melanie dann dieses Häuflein Elend im Zwinger sah, war ihr klar, dass sie diesem Hund eine Chance geben wollte. Ihre Verbindung wurde so stark, dass sie unzertrennlich wurden. Sie waren wie durch eine unsichtbare Kette aneinander geschweißt. Lucy durfte sogar mit zur Arbeit und verzauberte die Arbeitskollegen im Handumdrehen mit ihrem freundlichen Wesen.

Dann musste Melanie aus beruflichen Gründen ins Ausland. Dorthin konnte sie Lucy natürlich nicht mitnehmen. Der Hund kam zu ihrer besten Freundin Silke. Dies war das erste Mal, dass Lucy von Melanie getrennt wurde. Zwar kannte sie Silke sehr gut, aber es war nicht dasselbe.

Nun kam der besagte Tag des Abschieds. Lucy dachte, es wäre nur ein Besuch bei der Freundin, doch dann war Melanie auf einmal weg. Silke kümmerte sich rührend um den Hund, aber Lucy fühlte sich, als hätte man ein Stück aus ihrer Seele gerissen.

Die ersten Tage verliefen noch ganz normal. Ab dem fünften Tag verweigerte Lucy ihr Fressen. Sie hatte an nichts mehr Interesse und lag nur noch teilnahmslos in ihrem Körbchen. Sie litt so sehr unter der Trennung, dass sie nicht mehr leben wollte. Woher sollte Lucy auch wissen, dass die Trennung nur von kurzer Dauer war? Für den Hund war klar; wenn mein Mensch mich nicht haben möchte, dann hat mein Leben auch keinen Sinn mehr.

Lucys Kräfte ließen immer mehr nach, und Silke wusste nicht, was sie noch machen sollte. Kurz entschlossen brachte sie den Hund in die Klinik, und da stellten die Ärzte fest, dass es um Lucy wirklich sehr schlecht stand. All ihre Lebensgeister hatten sie verlassen.

Die Tierärztin entschied dann, Lucy über eine Sonde zu ernähren. So konnte man sie zwar am Leben erhalten, aber das war auch das Einzige.

Völlig verzweifelt rief Silke Melanie an und erzählte ihr alles. Als die das hörte, brach sie sofort ihren Auslandsaufenthalt ab und kam zurück, obwohl ihr Chef davon nicht sehr begeistert war. Sie wusste genau, dass Lucy sie brauchte, da sie sonst sterben würde.

Mit dem ersten Flugzeug ging es nach Hause. Direkt vom Flughafen aus fuhr Melanie in die Tierklinik. Als sie ihre geliebte Lucy dort mehr tot als lebendig liegen sah, trieb es ihr die Tränen in die Augen, und sie war der Verzweiflung nah. Keiner hätte gedacht, dass Lucy so unter der Trennung leiden würde. Melanie gab sich die ganze Schuld daran. Sie machte sich Vorwürfe, was sie ihrer Lucy angetan hatte. Vorsichtig streichelte sie ihren Hund. Keiner wusste, ob der die Berührungen überhaupt noch spüren würde. Ebenso wusste keiner, ob er Melanies liebevolle Worte verstehen konnte.

Doch auf einmal öffnete Lucy ihr Auge und zuckte kurz mit dem Schwanz. Der Tierärztin war sofort klar, dass Lucy es eventuell doch schaffen könnte.

Und so war es dann auch. Da Lucy eine Kämpferin war, sprang sie dem Tod von der Schüppe. Behutsam wurde der Hund aufgepäppelt, und Melanie war dabei immer an ihrer Seite. Lucy kam wieder zu Kräften und wurde ganz die Alte.

Melanie erzählte ihrem Chef, dass sie keine Auslandstermine mehr machen könnte. Er fand diese Entscheidung nicht gut, machte ihr auch klar, dass dies ein beruflicher Rückschritt für sie war, aber das war ihr egal. Lucy war einfach wichtiger. So etwas wollte sie ihr nicht noch einmal zumuten. Lucy war der wichtigste Teil in ihrem Leben. Nie hätte sie sich verzeihen können, wenn sie gestorben wäre. Manchmal muss man eben auf sein Herz hören.

Kalli und Irmi

Kalli der Gnom war gerade im Wald unterwegs, als er auf einmal einen Hilferuf hörte. Da er die besondere Gabe besaß, mit Tieren sprechen zu können, drang das sofort an sein Ohr.

„Hallo! Ist hier jemand? Bitte, ich brauche dringend Hilfe!"

Abrupt blieb er stehen und schaute nach rechts und links, konnte aber niemanden sehen.

„Ich bin es, Kalli. Wo bist du? Sag doch was", rief er in die Richtung, von wo er glaubte, die Stimme gehört zu haben. Leider kam keine Antwort. Er spitzte seine Ohren. Und da war es dann wieder. Der Hilferuf klang erbärmlich. Schnell wurde ihm bewusst, dass da ein Waldbewohner große Schmerzen haben musste. Aber wo war er?

„HIIILFE! Ich kann nicht mehr. Das tut so weh!", vernahm er, und so langsam wurde es ihm mulmig. Da er nach wie vor nichts sehen konnte, blähte er seine Nasenflügel weit auf, in der Hoffnung, etwas riechen zu können. Und ja, da war ein komischer Geruch, der nicht dahin gehörte. Er folgte ihm.

„Ich komme", rief er und lief in die Richtung, von wo der seltsame Gestank herkam. Und als er um die Ecke bog, glaubte er nicht, was er dort sah.

Da saß das kleine Hasenmädchen Irmi inmitten eines Müllberges. Ihr Bein hatte sich in einer zerrissenen Plastiktüte verfangen. Je mehr sie zog, umso mehr schnürte sich der Kunststoff um ihr Bein. Es waren sogar schon wunde Stellen zu sehen.

„Halt still!", ermahnte er sie. „Du verfängst dich nur noch mehr. Ich helfe dir."

„Ach Kalli, dich schickt der Himmel. Ich komme hier alleine nicht mehr raus. Und das tut so weh. Bitte befreie mich endlich."

„Kein Problem, meine Kleine. Das haben wir gleich. Halte einfach schön still."

Der Gnom verteilte den Müll mit seinen Händen, damit er besser an Irmis Bein herankam. Behutsam, ohne die Kleine noch weiter zu verletzen, versuchte er, das Plastik zu entfernen, und er hatte Glück, es gelang.

„So, geschafft, jetzt bist du frei. Alles in Ordnung?"

Irmi bekam kein Wort mehr heraus und zitterte am ganzen Körper.

Sanft strich er ihr über den Rücken. „Alles gut. Du brauchst keine Angst mehr zu haben."

So langsam beruhigte sie sich. „Gut, dass du gerade jetzt unterwegs warst. Stell dir mal vor, ich hätte hier die Nacht verbringen müssen. Du weißt, was nachts alles unterwegs ist und Jagd auf kleine Tiere macht. Sicher wäre ich eine leichte Beute für die gewesen. Du bist mein Lebensretter. DANKE! Tausend Dank."

„Kein Problem, Irmi. Das ist doch selbstverständlich, dass man sich gegenseitig hilft. Aber wie bist du da überhaupt hineingeraten?"

„Ich war auf Erkundungstour, als ich auf einmal einen lauten Knall vernahm. Ich habe mich so erschrocken, dass ich einfach, ohne nachzudenken, hier hineingesprungen bin. Ich wollte mich doch nur verstecken. Als ich wieder herauskrabbeln wollte, bin ich mit meinem Bein in diesem Ding hängen geblieben, und alles andere hast du ja selbst gesehen. Aber wie kommt das da alles hin?"

„So wie es aussieht, hat einer der Zweibeiner seinen Müll abgeladen!"

„Ist das erlaubt?", fragte das kleine Hasenmädchen erstaunt.

„Natürlich nicht, aber es gibt leider einige Menschen, denen das völlig egal ist. Sie nutzen unseren schönen Wald als Müllplatz und wissen gar nicht, was sie den Tieren und Pflanzen damit antun. Ich hoffe ja, dass ich zufällig jemanden dabei auf frischer Tat erwische. Du kannst mir glauben, dem werde ich schon Bescheid geben, auch wenn ich viel kleiner bin. Der wird nie wieder Unrat im Wald verteilen. Aber es ist ja alles noch einmal gut gegangen. Komm, ich bring dich nach Hause.

Versprich mir, wenn du noch einmal so etwas entdeckst, dass du einen großen Bogen darum machst. Und erzähl es auch deinen Freunden. Wir müssen gemeinsam auf uns achten, damit nichts Schlimmes passiert und jemand wegen der Unachtsamkeit der Menschen zu Schaden kommt. Wir können zwar nicht auf alle aufpassen, aber wenn jeder von uns seine Augen aufhält, erreichen wir schon viel."

„Das verspreche ich dir. Wir können nur hoffen, dass diese Geschöpfe irgendwann begreifen, wie dumm sie sind, wenn sie unsere schöne Umwelt mit so etwas ruinieren."

„Ja, das stimmt. Gut, dass das nicht alle machen. Das wäre grausam, und vielleicht lernen auch die Unbedachten, was sie damit anrichten. Sie schaden sich selbst, und wenn sie das begriffen haben, profitieren wir alle davon.

Wir haben nur diese Welt und die gilt es zu schütze.

Unser Planet ist unser Zuhause, unser einziges Zuhause.
Wo sollen wir denn hingehen, wenn wir ihn zerstören.
Dalai Lama, Interview mit Franz Alt, 2004

Weihnachten an einem fremden Ort

Nach ihrem Krankenhausaufenthalt gab es keine Möglichkeit mehr für Oma Berta, in ihre kleine Wohnung in der Stadt zurückzukehren. Nein, alleine konnte sie nicht mehr leben, und ihre Kinder waren berufstätig. Da blieb nur noch das Altenheim. Der Gedanke war grausam für sie. Und dann auch noch kurz vor Weihnachten.

Als ihre Kinder sie abholten, saß sie wie ein Häufchen Elend in ihrem Sessel, und die Tränen kullerten aus ihren Augen. Sie hatte so eine Angst vor dem neuen Leben.

Wie schön war es zur Advents- und Weihnachtszeit immer mit der Familie. Es wurden Plätzchen gebacken, jeder nahm sich Zeit. Ihr kleines Reich wurde schön geschmückt. Und jetzt sollte sie als völlig Fremde an einem anderen Ort leben.

Es ließ sich nicht ändern. Die Fahrt in ihr neues Leben begann. Nach kurzer Autofahrt kamen sie im Altenheim an. Ihre Kinder hatten sich wirklich Mühe gegeben. Ihr Zimmer, welches von nun an ihr Zuhause sein sollte, war mit Erinnerungsstücken aus der Vergangenheit ausgestattet, damit sie sich heimisch fühlte. Aber so war es nicht. Sie war völlig verloren. „Ach, wäre ich doch nur im Krankenhaus gestorben", schoss es ihr durch den Kopf. Sie schämte sich dann im nächsten Moment für diesen Gedanken.

Nach einer Stunde verabschiedeten sich ihre Kinder. Als sie gingen, drehte sie sich um, keiner sollte ihre Tränen sehen. Sie fühlte sich jetzt schon so einsam, obwohl sie erst ein paar Stunden hier war.

Am nächsten Morgen sah die Welt nicht anders aus. Plötzlich klopfte es an ihrer Zimmertür. Noch bevor sie „Herein" gesagt hatte, stand eine alte Dame im Zimmer. „Guten Morgen, Frau Henrich. Ich bin Frau Klaus. Ich wohne direkt neben Ihnen und wollte Sie bei uns recht herzlich willkommen heißen. Gleich ist Basteln. Kommen Sie doch mit! Dann lernen Sie direkt ein paar neue Leute kennen."

„Ach, ne. Ich bin ja gerade erst da und eigentlich …"

„Ach, Papperlapapp. Ich weiß, wie Sie sich fühlen. Ich bin vor vier Monaten hier eingezogen. Also los, Ausreden werden nicht geduldet."

So trottete sie hinter Frau Klaus her und musste feststellen, dass es gar nicht so schlimm war. Hilfreich war bestimmt, dass Weihnachtsengel gebastelt wurden. Sie war so bei der Sache, dass sie für einen Moment gar nicht mehr grübelte, und als sie ihr Werk auch noch mit aufs Zimmer nehmen durfte, wurde ihr etwas warm ums Herz. „Naja, vielleicht ist es hier doch nicht so übel", redete sie sich ein.

Abends im Bett ließ sie den Tag noch einmal an sich vorbeiziehen. Ihre Ängste waren nicht verschwunden, aber dank Frau Klaus und den anderen netten Menschen im Haus, schon etwas weniger geworden und mit diesen Gedanken schlief sie ein.

Am nächsten Tag kamen ihre Kinder und Enkel, und sie genoss den Tag in vollen Zügen. Doch als es hieß Abschied nehmen, flossen wieder Tränen. Sie konnte nichts dagegen machen, als sie gerade in dem Moment wieder an Zuhause dachte und an ihre Weihnachtskrippe, die ihr verstorbener Mann selbst geschnitzt hatte. „Was ist damit wohl passiert?", fragte sie sich. „Haben die Kinder sie entsorgt? Sie war ja schon alt, und nur für mich hatte sie diese besondere Bedeutung."

So vergingen die Tage, und die alte Dame lebte sich etwas ein. Nun war Heiligabend. Sehnsüchtig wartete sie auf ihre Familie, aber keiner kam. „Wo blieben sie nur? Naja, wer will schon in einem Altenheim feiern? Ach, war das immer schön in meiner Wohnung, mit der Krippe und …", dachte sie, als es auf einmal laut an der Tür klopfte.

Mit den Worten: „Omi, Omi, schnell, komm mit! Das musst du sehen!", kam ihr kleiner Enkel Jochen ins Zimmer gestürmt.

„Nicht so schnell, mein Kleiner", und sie schämte sich ein bisschen für ihre vorherigen Gedanken, dass ihre Familie sie vielleicht schon vergessen hätte.

Er nahm sie bei der Hand und brachte sie zu einem Zimmer am Ende des Flurs. Sie hatte die Tür zwar schon gesehen, aber da sie immer verschlossen war, hatte sie sich um diesen Raum keinen weiteren Gedanken gemacht.

„Du musst die Augen zu machen", sagte Jochen zu ihr.

„Was soll der Blödsinn denn?"

„Bitte, sonst ist es doch keine Überraschung."

Und da sie ihrem Enkel noch nie einen Wunsch abschlagen konnte, schloss sie die Augen. Der Junge ergriff wieder ihre Hand und führte sie ein paar Schritte. „So, jetzt darfst du die Augen öffnen."

Und was sie da sah, ließ sie erstarren. Da stand ihre geliebte Krippe auf dem Tisch und der gesamte Raum war mit ihrem alten Weihnachtsschmuck dekoriert. Ihre Kinder, Frau Klaus und die nette Dame von der Heimleitung saßen am Tisch und grinsten sie an. Noch immer brachte sie kein Wort heraus. Der Kleine führte sie zu dem freien Stuhl am Tisch. „Oma, setz dich! Das ist hier ein besonderes Zimmer, wo die Anwohner mit ihrer Familie ganz alleine schöne Stunden verbringen können!" Und schon sauste er los und kramte in einem Korb, der in der Ecke stand.

Zurück kam er mit einem Teller selbstgebackener Kekse. „Und die habe ich nur für dich gemacht! Das sind die, die wir sonst immer zusammen gebacken haben", strahlte er über das ganze Gesicht. „Jetzt ist es fast wie früher."

Oma Berta konnte ihre Gefühle nicht mehr bändigen. Sie schnappte den Jungen und drückte ihn ganz fest an sich. Und die Tränen liefen wieder. Diesmal waren es aber keinen Trauertränen, sondern Glückstränen, und einem wunderschönen Weihnachtsfest im neuen Zuhause stand nichts mehr im Weg.

Es bedarf nichts Großes, einen Menschen glücklich zu machen.

Für immer und dich

Ich Luis, ein Mischlingshund, hatte bisher nicht das Leben, was ich mir erhofft hatte. Ich wurde von einem Besitzer zum nächsten gereicht. Man konnte auch sagen, ich war ein Wanderpokal. Kein schönes Gefühl. Ich wollte endlich ein endgültiges Zuhause.

Immer wieder hatten meine Besitzer ein Problem mit mir. Mal war ich zu wild oder stürmisch, mal gehorchte ich nicht sofort aufs erste Wort. Andauernd gab es etwas an mir auszusetzen. So sehr ich mich auch bemühte, keiner sah mein wahres Gesicht. Ich hätte für meine Leute alles getan. War das nicht Grund genug, um mir eine Chance zu geben und mich zu lieben, so wie ich war. Trotz meiner kleinen Fehler. Schließlich ist keiner perfekt.

Dabei wünschte ich mir doch so sehr jemanden, der immer für mich da war. Für den ich durchs Feuer gehen würde. Ich hatte so viel zu geben, es fehlte einfach nur der passende Mensch. Alles Träume und Gedanken. Inzwischen glaubte auch ich nicht mehr daran, dass sie in Erfüllung gingen.

Wieder einmal war ich auf einer Pflegestelle abgeliefert worden. Dabei war ich wirklich ein netter Kerl. Konnte das denn keiner sehen?

Ich hatte schon alle Hoffnung aufgegeben, als eine Frau Interesse an mir bekundete. Man zog es vor, dass unser erstes Aufeinandertreffen draußen im Garten stattfinden sollte. Ich war neugierig auf diese Person. Als ich sie dann zu Gesicht bekam, sah ich, dass sie doch recht seltsam lief, eben anders als andere, die ich kannte. Sah schon merkwürdig aus, aber ich wollte deswegen nicht sofort schlecht über sie denken und mich von meiner besten Seite zeigen und beweisen, dass ich genau der richtige Hund für sie war.

Gesagt getan. Schwanzwedelnd und bellend lief ich auf sie zu und sprang sie an. Sie geriet ins Straucheln. Gut, dass hinter ihr eine Bank war. Sonst hätte sie bestimmt auf der Nase gelegen. Der Herr der Pflegestelle hob bedrohlich seine Hand, so, als wenn er mich schlagen wollte. Ich wich verängstigt zurück. Das wollte ich doch nicht. Wieder aus der Traum von einem neuen Zuhause, schoss es mir direkt in den Kopf. Ich konnte auch machen, was ich wollte, immer war es falsch. Ich fühlte mich als völliger Versager.

Dann passierte etwas, womit ich nie gerechnet hätte. Die Frau griff dem Mann in den Arm und verhinderte somit, dass er mich doch noch erwischt hätte. Sie richtete wütende Worte an ihn. Sie nahm mich in Schutz und verteidigte mich. So etwas hatte noch nie jemand für mich getan. Gab es vielleicht doch einen Menschen, der mich genauso liebte, wie ich war? Mit all meinen Ecken und Kanten? Neue Hoffnung keimte in mir auf.

Dann hörte ich meinen Namen. Die Frau rief nach mir. Etwas eingeschüchtert, mit eingeklemmtem Schwanz und gesenktem Kopf näherte ich mich ihr. Noch bevor ich abschätzen konnte, was geschah, streichelte sie mich und drückte mich ganz fest an sich. Begeistert sagte sie: „Der ist genau der Richtige. Den und keinen anderen will ich!"

Mein Vermittler schüttelte nur mit dem Haupt. „Sind Sie sicher? Ich glaube nicht, dass er zu Ihnen passt. Schließlich hätte Luis Sie zu Boden gerissen, wäre nicht die Bank gewesen. Was ist, wenn so etwas noch einmal passiert und keiner da ist, um Ihnen zu helfen. Ich glaube, dieser Hund schadet Ihnen nur!"

Die Dame beharrte aber darauf, dass sie mich wollte, und machte dem Besitzer der Pflegestelle auch unmissverständlich klar, dass er es wohl kaum beurteilen könnte, was gut für sie war und was nicht. Und so kam es. Ich wurde direkt mitgenommen. War das die Wende in meinem bisher unglücklichen Leben?

Ja, sie war es. Wir beide rauften uns zusammen. Mein Mensch belächelte es nur, wenn mal wieder ein kleines Missgeschick passierte, und ich fand es nicht schlimm, dass sie aufgrund ihrer körperlichen Einschränkung nicht so viel mit mir toben konnte. Sie gab mir all die Liebe und Zuwendung, die ich mir immer gewünscht hatte. Für mich war klar, mein neues Frauchen würde alles für mich tun, genau wie ich für sie.

Was gibt es Besseres, als einen Freund zu haben, der mit einem durch dick und dünn geht. Schließlich hat jeder seine Ecken, Macken und Kanten, die uns auszeichnen und von anderen abheben und zu etwas Besonderem machen.

Der orangene Blitz

Nun war er endlich da, mein orangener Blitz. Sicher fragen Sie sich jetzt: Was ist ein orangener Blitz? Das ist nicht schwer zu erklären. Der orangene Blitz ist mein neuer Rolli, auf den ich schon sehnlichst gewartet hatte. Mein altes Schätzchen musste leider die Segel streichen, da es sehr in die Jahre gekommen war.

War das eine Freude, als die Krankenkasse das Okay gab! Dann sollte es natürlich ein besonderes Gefährt sein. Wenn man schon auf den Rollstuhl angewiesen ist, sollte der fahrbare Untersatz ein Hingucker sein. Das war klar. Und so kam ich zu meinem orangenen Blitz. Ein Rollstuhl mit Batterie, ein E-Fix, der abging wie die Post, da er erheblich leichter war als sein Vorgänger. Und dann noch die grell leuchtende Farbe! Sie stach sofort ins Auge, und ich war mächtig stolz auf ihn, wenn man überhaupt auf einen Rollstuhl stolz sein kann. Ich muss nicht erwähnen, dass das Leben als Gehandicapter in der großen, weiten Welt nicht immer so leicht ist, aber er ermöglicht mir, am realen Leben teilzunehmen.

So machte ich nun unsere Gegend mit meinem Rennwagen unsicher, was der ein oder andere Passant nicht gerade lustig fand, wenn ich an ihm vorbeiflitzte. Man kann sich aber auch anstellen! Und welche Leute waren es, die immer motzten? Natürlich Erwachsene! Mein fahrbarer Untersatz hat zwar eine Hupe, aber hätte ich die benutzt, wäre ich noch schuld daran gewesen, wenn jemand einen Herzinfarkt bekommen hätte. Nein, das wollte ich nicht, also grinste ich die Leute einfach höflich an und tat so, als wenn nichts gewesen wäre.

Dann traf ich aber auf einen Menschen, der meinen Rolli genauso toll fand wie ich und überhaupt keine Berührungsängste damit hatte.

An einem schönen Sonntagnachmittag war ich im nahegelegenen Park unterwegs. Das Wetter war einfach traumhaft, und deshalb nutzte ich die Gelegenheit, meinem Rollstuhl und mir etwas frische Luft zu gönnen. Leider dachten viele andere Menschen auch so. Es war reger Verkehr, und ich musste wirklich aufpassen, niemanden über die Füße zu fahren. Auch hier durfte ich mir wieder strafende Blicke entgegenwerfen lassen, wenn ich und der böse Rollstuhl jemandem zu nahe kamen.

Ich machte einen kleinen Zwischenstopp an einer Bank, als auf einmal ein kleines Mädchen mit ihrem Opa vor mir stand. Die zwei kamen mir irgendwie bekannt vor. War das nicht der Herr, der sich vorhin beschwert hatte, weil ich zu dicht an ihm vorbeigefahren war? So sieht man sich wieder!

Mit großen Augen musterte mich die Kleine. Wie Kinder so sind, wollte sie natürlich sofort wissen, warum ich in diesem Ding saß. Ich versuchte es ihr so kindgerecht wie möglich zu erklären. Ihr Kommentar war nur: „Ach so", und damit war die Sache für sie erledigt. Kein Wieso, Warum, Weshalb. Würden die Großen doch auch einmal so einfach denken und nicht alles hinterfragen! Schließlich sucht sich so etwas keiner selbst aus.

Der ältere Herr wollte sein Enkelkind gerade zum Gehen animieren, als die Lütte, ihr Name war Pia, mich fragte: „Darf ich auch mal fahren?"

Ihr Opa wurde puterrot und wäre am liebsten im Erdboden versunken. Ich musste schmunzeln. „Komm, wir müssen gehen", sagte er zu ihr und zerrte an ihrem Arm, aber das Kind bewegte sich nicht vom Fleck.

„Opa, ich möchte auch mal so flitzen! Hast du gesehen, wie schnell sie an uns vorbeigesaust ist? Das macht bestimmt Spaß! Und dann ist er auch noch orange, meine Lieblingsfarbe."

„Ja, das hat dein Opa gesehen", dachte ich mir. „Deshalb musste er auch eine unqualifizierte Bemerkung ablassen."

Er wollte gerade etwas sagen, da schnappte ich mir Pia und setzte sie auf meinen Schoß. Nun machte ihr Großvater große Augen und bekam kein Wort mehr heraus. Damit hatte er nicht gerechnet. Ich legte ihre Hand auf die Steuerung des E-Fix, meine Hand darüber, und schon ging die Fahrt los.

„Schneller, schneller", rief Pia und strahlte über das ganze Gesicht. Ich zeigte ihr die Hupe, und sie hatte einen Heidenspaß dabei, jedes Mal auf den Knopf zu drücken, wenn wir Leute überholten. Sie war völlig aus dem Häuschen. Ich habe noch nie so ein glückliches Kind gesehen.

Und komischerweise fanden die Spaziergänger das jetzt auch nicht mehr schlimm. Kommentare wie: „Schau mal, die Kleine, was die für einen Spaß hat!" oder „Das ist ja toll!" waren zu hören. Erstaunlich, wie rasch man seine Meinung ändern kann.

Als wir wieder bei ihrem Opa waren, strahlte sie über das ganze Gesicht. „Opa, Opa, das war so toll! Warum hast du vorhin geschimpft? War doch überhaupt nicht schlimm!" Den Mut, darauf zu antworten, hatte er nicht.

Für mich und Pia war das ein wunderbares Erlebnis. Dieses unbekümmerte, kleine Mädchen! Sie sah nur den Menschen in mir, nicht den Behinderten. Ich kann mich nur wiederholen: Warum denken Erwachsene oft so kompliziert?

Hin und wieder treffe ich meine kleine Freundin. Dann drehen wir immer eine Runde mit dem orangenen Blitz und haben gemeinsam Spaß.

Traurig und doch glücklich

Ich weiß gar nicht mehr so genau, wie sich alles zugetragen hatte. Ich kann mich nur noch daran erinnern, dass ich sehr lange bei einer Familie lebte und es mir gut ging. Doch dann wurde ich weggebracht, und ich weiß nicht warum. Ich habe eigentlich keinen Fehler gemacht, aber für meine Menschen war es wohl so, oder warum wollten sie mich dann unbedingt loswerden?

Eines Tages stand ich dann in dem Frachtraum eines großen LKWs, der mit anderen Pferden überfüllt war. Ich konnte einfach nicht verstehen warum.

Wir waren hier alle auf engstem Raum zusammengepfercht. Weder Futter noch Wasser war vorhanden, und es stank fürchterlich.

Einige Mitreisende waren schon vor Schwäche zusammengebrochen und lagen auf dem Boden. Ich konnte erkennen, dass sie Verletzungen hatten. Wer weiß, wie lange sie schon unterwegs waren?! Sie taten mir so leid, aber ich konnte ihnen nicht helfen. Obwohl mein Körper inzwischen ebenfalls versuchte aufzugeben, konnte ich mich noch mit letzter Kraft auf den Beinen halten. Ich wollte nicht so wie sie enden, also kämpfte ich mit aller Macht dagegen an.

Während ich all dieses Elend sah, kam mir der Verdacht, dass ich wirklich etwas ganz Schlimmes getan haben musste, oder warum bestrafte man mich so? Aber was hatte ich verbrochen?

Der Transporter setzte seine Fahrt unaufhaltsam fort - Stunde um Stunde.

Ich konnte nicht abschätzen, wie lange ich noch durchhalten würde und mich auf den Beinen halten konnte. Meine Gelenke waren dermaßen angeschwollen und schmerzten.

Es wäre jetzt so gut, etwas frisches Wasser und eine kräftige Stärkung zu bekommen. Wunschdenken. Auch ein paar Schritte täten sicher gut, aber mein Gefühl sagt mir, dass dieses Verlangen nicht in Erfüllung gehen würde, denn wir rollten beständig weiter.

Immer mehr Tiere um mich herum brachen zusammen. Manche bewegten sich schon gar nicht mehr. Waren sie etwa schon tot?

Ich motivierte mich immer mehr, um stehen zu bleiben. Ich hätte nie gedacht, dass ich in einer solchen Notsituation so stark sein konnte. Meine Hoffnung auf Rettung sank immer mehr.

Fast hätte ich aufgegeben, doch dann passierte etwas Unerwartetes.

Wir wurden langsamer und hielten an. Durch die engen Schlitze der Seitenwand konnte ich schemenhaft erkennen, dass der Fahrer und sein Begleiter ausstiegen. Und wie es aussah, gingen sie in die nahegelegene Gaststätte. Es war wirklich unverschämt. Sie wollten sich stärken, und wir starben hier langsam und qualvoll vor uns hin. Das verstand wer will, ich nicht.

Plötzlich kamen Fahrzeuge rasant auf uns zu. Hatte uns doch jemand entdeckt? Kam man uns zu Hilfe? Wurden wir endlich gerettet?

Die meisten der anderen Tiere bekamen das gar nicht mehr mit, aber meine Sinne arbeiteten nun auf Hochtouren. Ich beobachtete, soweit ich etwas erkennen konnte, was geschah und spitzte aufmerksam die Ohren.

Dann ging alles ganz schnell. Die Klappe des LKWs öffnet sich, und ich blickte in traurige Menschenaugen. Sie verschafften sich einen Überblick und waren anscheinend erleichtert, dass einige von uns noch am Leben waren. Es wäre zu schön gewesen, wenn alle diesen glücklichen Moment hätten miterleben dürfen, aber leider kam die Rettung für die meisten zu spät.

Behutsam wurden wir, zumindest die, die noch bei Kräften waren, auf den Parkplatz geführt. Meine Beine fühlten sich wie Pudding an, aber sie brachen nicht ein. Als ich mich umschaute, stellte ich fest, dass wir nur wenige waren, die noch in der Lage waren zu laufen.

Die Menschen auf dem Parkplatz blieben stehen und schauten neugierig zu uns rüber. Sie waren entsetzt über unseren erbärmlichen Anblick, das konnte man in dem Ausdruck ihrer Augen erkennen. Und dann sah ich, dass die zwei Fahrer aus der Gaststätte geführt, in ein Auto verfrachtet und fortgebracht wurden. Geschah ihnen ganz recht!

Hätten die Zuschauer doch meine Sprache gesprochen, hätte ich ihnen zugerufen: „Schaut euch nur genau an, wozu Menschen fähig sind. Wir haben niemandem etwas getan und ihr quält uns so. Vielleicht sollten wir das auch mal mit euch machen, damit ihr seht, dass das kein Vergnügen ist." Ich war richtig erzürnt.

Man reichte uns etwas Wasser. Ich nahm das kühle Nass zu mir und merkte sofort, wie es meinen Körper belebte. Langsam kam ich wieder zu Kräften.

Ich sah, wie die leblosen Körper der anderen Tiere nach draußen geschafft wurden. Kein schöner Anblick - sie taten mir so leid.

Danach wurden wir wieder in den LKW geführt. Meine Befürchtung, dass die Fahrt nun weiterging, bestätigte sich nicht. Wir bekamen frisches Heu und nochmals Wasser. Die Nacht verbrachten wir ganz gut, obwohl immer noch die Angst da war, dass dieser Horrortrip weiterging.

Am nächsten Morgen öffnete sich die Klappe erneut, und ich erkannte die freundlichen Menschen, die uns am Vortag gerettet hatten. Wir wurden herausgeführt und durften uns abermals etwas die Beine vertreten. Tat das gut!

Auf dem Parkplatz standen mehrere Pferdeanhänger. Auf einen wurde ich mit zwei anderen Kollegen verladen. Unverzüglich ging die Fahrt los.

Nach etwa zwei Stunden hielten wir an. Die uns inzwischen vertrauten Menschen führten uns heraus. Der erste Eindruck war nicht schlecht. Langsam und mit aller Ruhe wurden wir drei in einen Stall geführt. Der Boden war dick mit Stroh bedeckt und eine angenehme Wärme ging von diesem Ort aus. Es gab Wasser und duftendes Heu, das ich genüsslich in aller Ruhe verspeiste. Die quälende Angst fiel etwas von mir ab, und auch die Anderen machten einen viel entspannteren Eindruck.

Die Nacht verbrachten wir, ohne dass etwas Schlimmes geschah. Am nächsten Morgen waren unsere Retter wieder da und kümmerten sich liebevoll um uns.

Bald darauf durften wir ins Freie und wurden auf eine angrenzende Wiese gebracht. Ich war noch etwas unsicher. Doch dann siegte das gute Gefühl, und ich machte mich über das köstliche Gras her.

Hatten wir es endlich geschafft? War das jetzt unser neues Heim, in dem wir unser restliches Leben verbringen durften? Der Gedanke gefiel mir. Sollte es doch einen Pferdegott geben?

Und es war wirklich so. Jeden Tag konnten wir auf einer riesigen Koppel genießen und hatten immer frisches Wasser und Futter. Uns ging es gut. Jedoch konnte ich dieses Horrorerlebnis, den Anblick der vielen toten, geschundenen Mitreisenden, die durchlebte Angst leider nicht aus meinen Kopf verbannen.

Ich verbrachte einige behagliche Monate. In dieser Zeit machte ich mir oft Gedanken, wie unsere Retter uns gefunden hatten? Hatten sie den LKW schon lange verfolgt und auf den richtigen Augenblick gewartet, bis sie zuschlagen konnten? Wurden sie durch Dritte von unserem furchtbaren Transport informiert? Fragen über Fragen, auf die ich nie eine Antwort bekam. Aber egal, sie hatten uns gerettet und nur das zählte.

Irgendwann schlief ich nachts friedlich in unserem Stall ein, worüber unsere Retter bestimmt sehr traurig waren.

Aber, warum traurig? Sie hatten uns eine glückliche Zeit beschert. Durch ihren Einsatz durften wir noch einmal ein schönes Pferdeleben genießen. Nicht jeder Mensch kann von sich behaupten, dass er sich für andere so ins Zeug gelegt hat, ohne an Risiken und Probleme zu denken. Sie hatten für uns alles in ihrer Macht stehende getan. Und dafür war ich ihnen sehr dankbar. Vielleicht sollte jeder ein bisschen mehr an andere denken und sich für sie einsetzen.

„Danke, dass ihr mich gerettet habt und für mich in meiner schlimmsten Zeit des Lebens da wart."

Mark Twain sagte einmal:
„Von allen Tieren ist der Mensch das Einzige, das grausam ist. Keines außer ihm fügt anderen Schmerz zum eigenen Vergnügen zu."

DANKESCHÖN an meine Mutter Christel Kummer, dass ich ihre Geschichte hier mit Ihnen teilen darf.

Heimaterinnerungen

Ich heiße Peter, lebte seit meiner Kindheit in einem kleinen Dorf, dem ich bis zu meinem Abitur die Treue gehalten hatte. Die Gemeinschaft, wo immer einer für den anderen da war, war einfach einzigartig. Eine große Familie, in der sich jeder wohlfühlte. Getreu nach dem Motto: Einer für alle, alle für einen!

Doch nach dem Abitur zog es mich in eine große Stadt, weil ich nur da die Möglichkeit hatte, zu studieren. Eine Entscheidung, die mir nicht leichtgefallen war, aber ich musste halt an meine Zukunft denken.

Direkt nach absolviertem Studium bot sich die Möglichkeit für mich, im Ausland zu arbeiten. Ich ergriff die Chance und daraus wurden zehn Jahre – zehn zufriedene Jahre. Jedoch nie so glücklich, wie ich mich in meinem kleinen Dorf gefühlt hatte. Ich dachte immer wieder gerne an diese schöne Zeit zurück und hoffte, irgendwann einmal dorthin zurückkehren zu können.

Dann kam ein interessanter Brief meines Freundes Klaus, der alles veränderte. Wir hatten trotz der großen Entfernung immer noch etwas Kontakt und uns nie ganz aus den Augen verloren. Er berichtete mir, dass in der Nähe meiner alten Heimat ein Job angeboten würde, der mir wie auf den Leib geschnitten war. Ich musste nicht lange überlegen und ergriff diese Chance und hatte Glück. Ich wurde angenommen und mein Traum, irgendwann einmal zurückzukehren, wurde schneller wahr, als ich es mir hätte vorstellen können.

Klaus hatte sich derweilen um alles gekümmert. Eine neue Wohnung war auch schon gefunden, sogar direkt in meinem alten Dorf. Und nun stand meiner Rückkehr nichts mehr im Wege.

Mit gemischten Gefühlen kam ich in der Heimat an. Einerseits freute ich mich, wieder da zu sein, aber wie würde man auf mich reagieren. Ich war sehr lange weg. Sahen sie mich jetzt vielleicht als Fremden und schlossen mich aus? Die Gedanken überschlugen sich in meinem Kopf. Ich hatte Angst. War dieser Schritt der Richtige?

Doch als ich dann vor Klaus stand, wusste ich, die richtige Entscheidung getroffen zu haben. Meine Gefühle schlugen Purzelbaum. Ich schloss ihn in die Arme und Tränen kullerten aus meinen Augen. Ich war wieder zu Hause – endlich!

Auf der Fahrt ins neue Heim berichtete mir mein Freund, dass inzwischen viele neue Familien zugezogen waren. Aber auch vom alten Kern gab es noch einige, was mich sehr freute zu hören.

Irgendetwas war aber komisch. Wir fuhren gar nicht auf direktem Weg zu meiner Wohnung. Hatte sich hier so viel während meiner Abwesenheit verändert, dass die Wege anders waren? Ich kam ins Grübeln, ob es so eine gute Idee war, zurückzukehren? Wäre es nicht besser gewesen, alles so in Erinnerung zu behalten, wie es noch zu meiner Abreise war?

Doch bevor ich mir weiter Gedanken machen konnte, traute ich meinen Augen nicht. Wir steuerten unsere alte Gaststätte an, in der wir so manch lustige Stunden verbracht hatten. Die gab es also noch. Ein großes Plakat hing über der Tür HERZLICH WILLKOMMEN, PETER. Darunter versammelten sich viele Menschen. Sie hatten mich also doch nicht vergessen. War das ein schönes Gefühl!

Wir feierten bis in die frühen Morgenstunden, und ich konnte einfach nicht genug davon bekommen. Mit den neuen Familien kam man schnell ins Gespräch und mit den alten war es so, als wenn man nie weggewesen wäre. Es kümmerte sich immer noch jeder um jeden. Trotz dieser langen Zeit hatte unser Dorf nichts von seinem Charme eingebüßt. Erst jetzt wurde mir bewusst, was mir all die letzten Jahre gefehlt hatte, um richtig glücklich zu sein. Für mich stand fest, dass ich hier alt werden und diesem besonderen Ort nie mehr den Rücken kehren wollte. Ich hoffte sehr, sollte ich mal Kinder haben, dass diese sich hier genauso wohlfühlten und verstanden, dass es mehr Dinge als Erfolg und Geld braucht, um glücklich und zufrieden zu sein.

Home sweet home!

© Christel Kummer

Mutmacher

Erleben Sie Texte, die Mut machen wollen.

Erzählungen, die zeigen: Man kann alles schaffen, wenn man es nur will und fest genug daran glaubt.

Joschi

Joschi war ein kleiner Junge von fast fünf Jahren. Eigentlich hieß er Jonathan, aber alle nannten ihn Joschi, und nur darauf reagierte er. Er lebte bei seiner Oma, da seine Eltern bei einem Unfall ums Leben kamen.

Der Junge war ein richtiger Sonnenschein. Zu jedem Menschen nett, freundlich und hilfsbereit. Doch es gab ein Problem. Es dauerte bei Joschi immer etwas länger als bei anderen Kindern seines Alters, bis er etwas verstand. Er war nicht dumm, versuchte auch alles sofort, aber es brauchte halt seine Zeit, bis es dann klappte.

Für seine Oma kein Grund zur Sorge. Sie hatte eine Engelsgeduld, auch wenn sie ihm etwas fünfmal erklären musste. Sie behielt immer die Ruhe und sagte dann mit einem Lächeln zu ihm: „Joschi, das ist doch nicht schlimm. Bei der Oma geht auch nicht alles sofort. Probiere es halt noch einmal. Dann klappt das schon. Du bist doch bereits ein großer Junge." Und so wie sie das sagte, erreichte sie bei ihm immer, dass er den Kopf nicht hängen ließ.

Zuhause war das so. Es hätte alles so toll sein können, wäre da nicht der Kindergarten. Die Kinder dort ließen ihn spüren, dass er anders war. „Da kommt ja wieder der Dummkopf! Der ist zu blöd für alles", sagten sie oft zu ihm. Und diese Worte taten weh, auch wenn er es nicht nach außen zeigte. Trotz der ganzen Stichelei lächelte er nach wie vor und war freundlich zu allen und jedem, aber tief in ihm, da tat es weh, richtig weh, und das zeigte eines Morgens auch seine Wirkung.

Vergebens wartete die Oma beim Frühstück auf ihn. Er war sonst meist als erster wach, und wenn sie dann die Küche betrat, hatte er schon den Frühstückstisch gedeckt. Da stimmte was nicht, das war ihr klar. Und als sie in sein Zimmer kam, lag er mit offenen Augen im Bett und starrte zur Decke.

„Ich dachte schon, es wäre was passiert. Jetzt aber flott, du Schlafmütze. Auf, auf, der Kindergarten wartet", sagte sie.

„Da geh ich nicht mehr hin. Die sind immer so gemein zu mir." Tränen liefen ihm über die Wangen. So hatte sie ihren kleinen Sonnenschein noch nie gesehen.

Im ersten Augenblick wusste sie nicht, wie sie reagieren und was sie sagen sollte. Deshalb setzte sie sich einfach neben ihn, kuschelte sich mit unter die Decke und drückte ihn ganz fest an sich.

„Kopf hoch. Das schaffst du schon. Du bist doch mein Großer, davon lässt du dich doch nicht unterkriegen", munterte sie ihn auf. So wie sie es sagte, war es schon besonders und zeigte auch seine Wirkung.

Der Junge wischte sich die Tränen aus dem Gesicht. „Ja, Oma, hast Recht, ich bin besonders." Und als wenn nichts gewesen wäre stand er auf, machte sich fertig zum Frühstück und ließ sich ohne großes Murren zum Kindergarten bringen.

Dort angekommen sprach seine Oma kurz mit der Kindergärtnerin und berichtete ihr von dem Vorfall, jedoch bekam Joschi das nicht mit. Aber sehr schnell verschwand seine Fröhlichkeit, da die Kinder wieder auf ihm herumhackten. Kindergärtnerin Anna merkte das und hatte eine Idee.

„So, meine Lieben", rief sie alle Kinder zusammen. „In zwei Wochen ist der jährliche Gesangswettbewerb der Kindergärten. Für alle Kinder, die letztes Jahr noch nicht hier waren: Jedes Jahr darf ein Kind aus allen Kindergärten der Umgebung dort vorsingen, und der Gewinner bekommt einen Preis. Zudem erhält der Kindergarten einen Wunsch erfüllt. Was würdet ihr euch wünschen?", fragte sie.

Alle plapperten wild durcheinander. „Nicht alle auf einmal", ermahnte sie die Kids und zeigte auf Joschi. „Was würdest du dir wünschen, wenn wir gewinnen?"

Er überlegte kurz und sagte dann: „Dass wir alle zusammen in den neuen Freizeitpark fahren. Das wäre doch toll", und die anderen Kinder nickten zustimmend.

„Also gut. Nun müssen wir erst einmal einen Wettbewerb machen, wer antreten soll. Wer traut sich von euch?", fragte Anna.

Vereinzelt waren Finger zu sehen. „Also gut, die, die ihren Finger gehoben haben, stehen bitte auf und setzen sich da vorne hin. Einer fehlt noch. Wir brauchen acht Kinder. Na, wer traut sich?"

Alle anderen schaute nach unten, als wenn sie nichts gehört hätten.

„Wirklich keiner, dann muss ich halt jemanden aussuchen." Und während Anna das sagte schaute sie Joschi voller Erwartung an.

„Ja, okay, ich mache mit", antwortete er. Und schon ging das Getuschel wieder los, aber davon ließ er sich nicht abhalten und setzte sich zu den Auserwählten.

„Wie wird denn der ermittelt, der vorsingen darf?", wollte Klein-Petra wissen.

„Gut, dass du das fragst. Wir üben, und dann singt ihr mir und euren Eltern jeweils in Zweiergruppen vor. Der Gewinner jeder Gruppe singt danach gegen einen anderen, bis nur noch ein Kind übrig bleibt. So einfach ist das. Also, ab morgen fangen wir an zu üben."

„Und was machen wir?", wollte der freche Peter wissen.

„Ihr geht so lange in die Gruppe von Sonja, damit jemand ein Auge auf euch hat." Und noch bevor Peter antworten konnte erwiderte Anna: „Darüber gibt es keine Diskussion! Ist das klar?" Diese Worte kamen so energisch, dass die anderen Kinder nur zustimmend nickten.

Beim Singen war Joschi voll bei der Sache. Er hatte richtig Spaß daran und ließ sich trotz einiger nicht so netter Worte seiner Mitstreiterinnen nicht aus der Ruhe bringen.

Dann war Tag X da – die Endausscheidung, und man glaubt es kaum, Joschi gewann.

Abends im Bett sagte seine Oma zu ihm: „Siehst du, ich habe immer gesagt, du bist was Besonderes. Ich bin so stolz auf dich." Sie schaute ihn dabei an, aber der Junge wirkte nicht glücklich. „Was ist los, freust du dich nicht?"

„Doch schon, aber ..."

„Was aber?"

„Und wenn ich verliere? Dann bin ich doch der Dummkopf, alle hatten Recht, und du hast mich dann auch nicht mehr lieb."

„Ich werde dich immer lieb haben." Sie drückte ihn ganz fest an sich.

„Oma, stopp, du erdrückst mich! Wie soll ich da noch singen?", erwiderte er, und das Strahlen in seinen Augen war wieder da.

Tag der Entscheidung. Alle Kinder und deren Eltern saßen in der großen Aula des örtlichen Gymnasiums. Es war eine kleine Bühne aufgebaut, und direkt daneben saß die Jury, bestehend aus zwei Eltern, zwei Kindergärtnerinnen und dem Musiklehrer der Schule. Es gab keine Ausscheidung. Alle mussten vorsingen, und dann wurde der Gewinner ermittelt.

Die Konkurrenz war stark. Neben Joschi war nur noch ein Junge dabei, der es zu diesem Wettstreit geschafft hatte - und der war großartig. Er sang in einem Chor, und man merkte ihm an, dass es ihm nichts ausmachte, vor Publikum zu stehen.

„So und nun darf ich unseren letzten Sänger auf die Bühne bitten. Einen großen Applaus für Jonathan!" Alle klatschen, aber kein Jonathan kam.

Peter bog sich fast vor Lachen. „Der ist so blöd, der kennt noch nicht einmal seinen Namen." Dumm, dass gerade Joschis Oma neben ihm saß. Sie stupste ihn unsanft in die Seite, stand auf und flüsterte dem Ansager etwas ins Ohr.

„Ah, so ist das", sagte der. „Mein Fehler! Ich bitte Joschi auf die Bühne." Und wie selbstverständlich stand der Junge auf und ging auf die Bühne. Er blickte ins Publikum. So viele Augen, die ihn anschauten, und natürlich hatten auch einige Kinder aus seinem Kindergarten nichts Besseres zu tun, als Grimassen zu schneiden.

„So, mein Junge, wir warten. Du darfst anfangen!" Aber kein Ton kam heraus.

Wieder stand seine Oma auf, ging auf die Bühne, nahm Joschis Hand und sagte so laut, dass es jeder hören konnte: „Denk immer daran, du bist etwas Besonderes! Lass sie reden! Ich weiß, du kannst es!" Dann drehte sie sich um, ging zurück, als wenn nichts gewesen wäre und setzte sich auf ihren Platz.

Joschi holte tief Luft, schaute noch einmal in die Menge, schloss die Augen und fing an zu singen. Und was dann zu hören war, war unbeschreiblich - eine glockenklare, helle Stimme. Es war so, als wenn er all seine Traurigkeit heraussang.

Als er die Augen wieder öffnete, saß keiner mehr auf seinem Platz. Alle standen und klatschten, sogar Peter. Joschi wusste gar nicht, was los war. Er stand einfach nur da.

Seine Mitstreiter kamen zu ihm und klopften ihm anerkennend auf die Schulter. Erst dann begriff Joschi, was los war und strahlte über das ganze Gesicht. Nun wurde der Gewinner bekannt gegeben. Es war Joschi. Dann gab es für ihn kein Halten mehr. Er war völlig aus dem Häuschen, klatschte in die Hände, hüpfte von einem Bein auf das andere und grinste wie ein Honigkuchenpferd. Jetzt wurde auch ihm bewusst, dass seine Oma immer Recht hatte. Er war etwas Besonderes, und das konnte ihm von diesem Tag an auch niemand mehr ausreden.

Alle Vögel sind schon da

So wie in dem Kinderlied „Alle Vögel sind schon da" von Hoffmann von Fallersleben (1847).

Alle Vögel sind schon da, alle Vögel, alle!

Welch ein Singen, Musizieren,

Pfeifen, Zwitschern, Tirilieren!

Frühling will nun einmarschieren,

kommt mit Sang und Schalle.

Wie sie alle lustig sind, flink und froh sich regen!

Amsel, Drossel, Fink und Star

und die ganze Vogelschar

wünschen dir ein frohes Jahr,

lauter Heil und Segen.

Was sie uns verkünden nun, nehmen wir zu Herzen:

alle wolln wir lustig sein,

lustig wie die Vögelein,

hier und dort, feldaus, feldein,

springen, tanzen scherzen,

war es auch im Glitzerwald. Das Waldleben war nach dem langen Winter wieder erwacht. Überall waren Tierstimmen zu hören, Blumen und Sträucher trugen Blüten, und die Bäume zeigten ihr schönes Grün.

Bei Familie Vogel war auch schon der Nachwuchs da. Stolz blickten die Eltern auf ihre Sprösslinge Mika, Julius und Ole. Sie hatten alle Hände voll zu tun, die hungrigen Schnäbel zu stopfen. Nur Klein-Mika machte ihnen Sorgen. Sobald Futter verteilt wurde, drängten seine Geschwister ihn in die Ecke. Er war etwas kleiner und konnte sich deshalb nicht so durchsetzen. Auch wenn die Eltern sorgsam darauf achteten, dass er nicht zu kurz kam, blieb er hinter seinen Geschwistern zurück, die sich prächtig entwickelten.

Natürlich wurde er deswegen immer von ihnen aufgezogen und gehänselt. „Du musst lauter rufen. Dann gibt es auch mehr Futter. Dein zartes Stimmchen hört ja keiner", machte sich Ole über ihn lustig.

„Wie ein Mädchen", meldete sich Julius zu Wort, und so beschloss Mika, überhaupt keinen Ton mehr von sich zu geben. Auch die aufmunternden Worte der Eltern halfen nichts. Der kleine Piepmatz verstummte und saß nur noch traurig dreinblickend im Nest.

Als die Eltern eines Morgens wieder mit Nahrung kamen, war Mika verschwunden. „Wo ist euer Bruder?", wollte die Mutter sofort wissen.

Ole schaute sie verlegen an. „Los, raus mit der Sprache, das ist nicht lustig!", ermahnte sie ihn.

„Naja, der ist rausgefallen."

„Wie rausgefallen? Der fällt doch nicht einfach so raus."

„Ähm, also wir haben ihn wieder etwas geneckt. Julius hat ihm dann gesagt, er soll sich aufrichten, groß machen und dann käme schon ein toller Laut heraus. Hat der Depp natürlich auch versucht, aber da es hier ziemlich eng ist, ist er einfach rausgeplumpst."

Die Mutter wusste nicht, was sie sagen sollte. Als sie sich dann gefangen hatte, setzte es eine Standpauke, die sich gewaschen hatte.

„Ihr kleinen Nichtsnutze! Was habt ihr euch dabei gedacht? Er kann doch noch nicht fliegen!"

„Das wollten wir nicht, wirklich."

„Ich mache mich jetzt auf die Suche nach ihm. Und Gnade euch Gott, wenn ich ihn nicht finde. Dann schmeiße ich euch selbst aus dem Nest. Ihr wisst doch, wie viele Gefahren da unten auf ihn lauern. Hoffentlich lebt er noch. Euer Vater bleibt hier und passt auf euch auf." Sie hatte noch nicht ganz ausgesprochen, und schon sauste sie im Sinkflug nach unten.

Die zwei Jungs schauten ihren Vater entsetzt an. „Meint sie das ernst?"

„Nein, sie hat nur Angst. Das hat sie nicht so gemeint." Aber so ganz glaubten sie ihrem Papa nicht.

Immer wieder rief die Mutter nach ihrem Kind, aber es kam keine Antwort.

Unterdessen saß Mika, geschützt von einem Busch, auf dem Waldboden. Er konnte die Stimme hören, doch so sehr er sich auch bemühte, ihr zu antworten, es kam nur ein leises Krächzen heraus. Immer wieder riss er seinen Schnabel auf, aber vergebens, es wollte einfach kein lauter Ruf herauskommen.

Erschöpft kam die Mutter wieder zum Nest. „So, einen Versuch unternehme ich noch. Es wird bald dunkel. Wenn ich ihn jetzt nicht finde, ist das sein Todesurteil."

Wieder vernahm Mika ihre Stimme. Doch was war das? Da raschelte etwas, und es kam bedrohlich näher. Er bekam Angst. Panisch riss er erneut den Schnabel auf, und es ertönte ein Schrei, wie ihn der Wald noch nie gehörte hatte. Erschrocken über sich selbst bekam er nur noch mit, wie seine Mutter auf ihn zustürzte, ihn packte und mit in die Höhe nahm. Als er endlich wieder im Nest saß, konnte er immer noch nicht begreifen, was geschehen war.

Am nächsten Morgen sah die Welt schon besser aus. „Los, wir wollen es hören!", wetterte Ole. Doch als Mika es versuchte, versagte seine Stimme erneut. Und wieder einmal war er dem Spott seiner Geschwister ausgesetzt.

Der Vater hatte die ganze Sache aus sicherer Entfernung beobachtet, und da kam ihm eine famose Idee. Er flog zum Nest und rief seinen Kindern nur zu: „Ich finde eure Mutter nicht, und von da hinten kommt aus der Luft ein Angreifer. Ich habe ihn gerade entdeckt, aber alleine kann ich euch nicht verteidigen. Das ist wohl unser aller Ende."

Ole und Julius fielen vor Panik in Schockstarre und bekamen keinen Ton heraus. Bei Mika war es genau anders. Wie schon auf dem Waldboden stieß er einen markerschütternden Schrei aus, sodass seine Brüder nur verdutzt schauten.

Der Vater flog in aller Seelenruhe auf einen Ast und konnte sich ein Schmunzeln nicht verkneifen. Auch die Mutter gesellte sich zu ihnen.

„Na, das nenne ich mal ein Stimmchen", sagte sie belustigt.

„Was hat das zu bedeuten?", stotterte Ole vor sich hin.

„Das war ein kleiner Denkzettel für euch Maulhelden. Wir wussten immer, dass Mika es kann, aber durch eure Hänselei hat er einfach den Mut verloren. Deshalb der kleine Trick. Ihr seid eurem Bruder nämlich nicht egal. Er ist über sich hinausgewachsen, um euch zu retten. Da solltet ihr mal drüber nachdenken."

Und von diesem Tag an piepste Mika laut und munter vor sich hin. Er glaubte an sich und hatte sein Selbstvertrauen wiedergefunden. Er ließ sich auch von den kleinen Sticheleien seiner Brüder, die nach wie vor wegen irgendetwas kamen, nicht mehr aus der Bahn werfen.

Der Frühlingstanz

Der Frühling war im Zipfelwald eingezogen. Die Bäume trugen bereits Blätter, die Frösche quakten am See, und der gesamte Wald erwachte aus dem Winterschlaf. Schließlich fieberte man dem ersten großen Höhepunkt des Jahres entgegen, dem Frühlingstanz. Alle, bis auf Lars. Er hasste diesen Tanz. Hatte er sich doch beim letzten Mal dermaßen blamiert.

Er hatte sich extra eine besondere Schrittfolge ausgedacht, die Eindruck machen sollte. Denn es war so, dass die Zwergenkinder dafür eine Note bekamen und diese auch im Zeugnis niedergeschrieben wurde. Also eine Schulprüfung und das auch noch vor Publikum. Da will man natürlich richtig auf sich aufmerksam machen.

Bei einer besonders schwungvollen Drehung verlor er das Gleichgewicht, geriet ins Trudeln und fiel kopfüber in eine Torte. Alle brachen in lautes Gelächter aus. Seit diesem Tag spotteten sie über ihn und machten Witze. Sehr schlimm war es immer, wenn sie hinter seinem Rücken lästerten. Das tat so weh.

Aber es nutzte nichts! Er musste dieses Jahr wieder mitmachen, wollte er in der Schule nicht durchfallen. Beim letzten Mal hatte die Lehrerin ein Einsehen mit ihm und sein Missgeschick gerade noch so benotet, damit er nicht durchrasselte. Aber ein zweites Mal würde sie bestimmt kein Auge mehr zukneifen.

Abends wälzte er sich unruhig im Bett hin und her. Immer wieder schreckte er hoch und war schweißgebadet, schlief jedoch ab und zu ein. Als er erneut die Augen aufriss, stand seine große Schwester Annika vor ihm.

„Jetzt beruhig dich doch endlich", versuchte sie ihn zu trösten. „Das schaffst du morgen schon!"

„Du hast gut reden! Du hast dich ja auch noch nie so blamiert! Dich mögen alle. Du bist beliebt."

„Wenn du nicht mitmachst, machen sie sich auch lustig über dich. Dann bist du in ihren Augen ein Feigling. Willst du das? Bestimmt nicht! Versuch, etwas zu schlafen. Wirst sehen, morgen sieht alles ganz anders aus."

„Klar, noch schlimmer", gab er patzig zurück, drehte sich um und vergrub sich in seinem Kissen.

Als Annika das Zimmer verließ, hörte sie leises Schluchzen. Ihr wurde sofort klar, dass ihr Bruder versuchte, seine Tränen zu unterdrücken, damit sie nicht mitbekam, wie elend es ihm ging.

Vor dem Kamin sitzend grübelte und grübelte sie. Dem Jungen musste doch irgendwie geholfen werden! Und dann kam ihr eine famose Idee. „Ja, genau so machen wir das!", sagte sie zu sich und klatschte vor Begeisterung in die Hände.

Gerade als Lars sich aus dem Haus schleichen wollte, rief sie hinter ihm her: „Nicht so schnell! Komm mal zu mir. Ich habe da noch was für dich."

„Ich will nichts. Nur noch im Erdboden versinken. Lass mich einfach in Ruhe."

„So, so, dann willst du deine Geheimwaffe auch nicht sehen?"

„GEHEIMWAFFE? Was für eine Geheimwaffe?"

„Ich habe hier ein paar magische Schuhe für dich. Damit kann nichts mehr schiefgehen."

„So etwas gibt es doch gar nicht!"

„Wenn man etwas nachhilft, klappt das schon. Aber was ich dir jetzt erzähle, darfst du niemandem sagen. Das musst du versprechen, Zwergenehrenwort."

„Okay. Bin ganz Ohr", und man sah Lars an der Nasenspitze an, dass er kaum abwarten konnte, zu erfahren, was seine Schwester ausgeheckt hatte.

„Also gut. Ich war gestern noch kurz bei Mia."

„Bei der Hexe."

„Genau bei der. Sie hat die Schuhe so verhext, dass du nicht fallen kannst. Du wirst tanzen können und dich drehen wie ein junger Gott. Du weißt, sie versteht ihr Handwerk. Aber das bleibt unser Geheimnis. Wir bekommen beide großen Ärger, wenn das herauskommt."

„Du bist die Beste!", rief er und drückte ihr einen dicken Schmatzer auf die Wange.

Hastig wechselte Lars sein Schuhwerk und eilte von dannen.

Nun war es so weit. Das Fest wurde mit dem Tanz der Zwergenkinder eröffnet.

Als Lars die Bühne betrat, schrien alle nur: „Bringt die Torte in Sicherheit! Rette sich, wer kann!" Und die gesamte Menge grölte und grölte.

Lars lief rot an, wollte gerade auf dem Absatz kehrtmachen, als er Annika sah. Die hielt nur den Daumen nach oben und zeigte dann auf die Schuhe.

„Also gut, tief durchatmen und dann los", sprach er sich Mut zu. „Schließlich hast du Wunderschuhe." Und auf einmal vergaß er alles um sich herum und tanzte und drehte sich auf der Bühne. Als er mit seiner Darbietung fertig war und wieder etwas um sich herum mitbekam, glaubte er kaum, was er da sah.

Alle hatten den Mund weit geöffnet - das große Staunen stand ihnen ins Gesicht geschrieben. Annika war die Erste, die applaudierte, und die Menge stimmte ein. „Das war super, Kleiner!", hörte er es aus allen Ecken und konnte es kaum fassen.

Eilig lief er zu seiner Schwester und flüsterte ihr ins Ohr: „DANKE. Ohne diese tollen Schuhe hätte ich das nie geschafft."

„Doch, das hättest du!"

Lars schaute sie verwundert an. „Was soll das heißen? Und warum grinst du eigentlich so blöd?"

„Deine Wunderschuhe sind Omas alte Latschen, aber egal, hat doch geklappt! Ich wusste, du kannst es! Brauchtest halt nur einen winzigen Schubser! Meine List hat geklappt."

Der kleine Zwerg brachte kein Wort heraus und schaute seine Schwester mit großen Augen und offenem Mund an. Als er sich wieder gefasst hatte, sagte er: „Also hatte ich es immer in mir. Ich musste es nur finden."

„Genauso ist es, und ich hoffe, dass du in Zukunft nicht mehr so schnell aufgibst, sondern es erst einmal versuchst. Meist liegt die Lösung direkt vor einem, man muss sie nur finden wollen und nicht gleich, wenn mal was schief geht, den Kopf in den Sand stecken."

Märchenhafte und fantasievolle Welten

Diejenigen, die das Kind in sich nie vergessen haben und im Herzen jung geblieben sind, tauchen hier in fremde, märchenhafte und fantasievolle Welten ein.

Geschichten, um für einen kurzen Moment dem Alltag entfliehen zu können.

DANKESCHÖN an meine Autorenfreundin Christine Erdiç, dass ich ihre beiden Geschichten hier mit Ihnen teilen darf.

Der verzauberte Frühling

Es war einmal ein alter Zauberer, der war müde und einsam. Die Menschen hatten ihn längst vergessen, sie glaubten nicht mehr an die Macht seiner Magie. Früher hatten sie vor ihm gezittert und ihm den nötigen Respekt entgegengebracht.

Der Zauberer, Sterlin war sein Name, sah seufzend in seine bläulich schimmernde Kristallkugel. Ein Mann in einem dunklen Anzug kam die Stufen zum Schloss hinauf. Noch bevor er an der alten Eichentür klopfen konnte, öffnete sie sich wie von Zauberhand. Der Fremde stand staunend in der riesigen Eingangshalle und schrak zusammen, als der Zauberer plötzlich vor ihm wie aus dem Nichts auftauchte.

„Ich weiß, dass ich mit meinen Steuerzahlungen im Rückstand bin. Strom und Wasser wurden mir bereits abgestellt. Aber ich habe keinerlei Einkommen. Wofür soll ich also Steuern zahlen?", fragte Sterlin mit tiefer wohlklingender Stimme. Der Mann, der tatsächlich gekommen war, um die Steuern einzutreiben, zuckte ängstlich zusammen. Man munkelte, dass es in dem alten verfallenen Schloss spukt. „Ich bin beauftragt worden, Ihnen das hier persönlich zu übergeben. Wenn Sie nicht zahlen, dann müssen wir Ihr Hab und Gut pfänden."

Sterlin sah auf den Brief in der Hand des Mannes. „Ich bin ein armer Zauberer, denn meine Dienste werden nicht mehr benötigt in einer Zeit der Technik und des Überflusses. Was wollt Ihr pfänden? Nichts hier hat für euch Menschen auch nur den geringsten Wert."

Der Steuereintreiber überlegte kurz. „Wenn Ihr zaubern könnt, warum zaubert Ihr dann kein Geld herbei? Dann könntet Ihr zahlen und Euer Problem wäre gelöst."

„So einfach ist das nicht", erwiderte Sterlin gedankenverloren. „Wir können keinen Wohlstand für uns selber herbeihexen, das ist ein uraltes magisches Gesetz gegen den Missbrauch der Zauberei ... sonst wäre jeder Zauberer reich und glücklich. Aber dennoch ... da kommt mir eine Idee."

Der Steuereintreiber hatte das Schloss kaum verlassen, da begann es in dicken Flocken zu schneien. ‚Und das jetzt im Frühling', dachte er kopfschüttelnd. Der Wind war plötzlich so eisig, dass es dem Mann die Tränen in die Augen trieb. Binnen kurzer Zeit bedeckte eine weiße Decke die blühenden Wiesen und Hänge, und alles Leben erstarrte zu Eis.

Es war der kälteste Mai, den das Land je erlebt hatte. Schon bald wurden Heizmaterial und Lebensmittel knapp. Das Wasser gefror in den Leitungen, und den Menschen drohte der Hunger- oder Kältetod.

Da plötzlich erinnerte sich jemand an den alten Zauberer dort oben in dem Schloss. Man versammelte sich und beratschlagte.

Schmunzelnd sah Sterlin in seine Kristallkugel, in der er jetzt drei Männer schnaufend den Berg hochkommen sah. Die Abgesandten fanden die Tür zum Schloss offen und blickten sich neugierig in der von Kerzen erhellten Halle um. Hier wirkte es gemütlich und warm, wenn man von draußen aus der eisigen Kälte kam. Der Zauberer trat vor und schaute in die rot und blau gefrorenen Gesichter. „Nun, womit kann ich euch dienen?", fragte er lächelnd.

„Wir wurden von der Regierung und dem Volk gesandt, um Euch zu bitten, den Fluch zurückzunehmen, den Ihr über das ganze Land verhängt habt", lautete die Antwort.

„Den Fluch?" Der Zauberer hob die rechte Augenbraue. „Das ist kein Fluch, sondern nur ein kleiner Einblick in ein Leben ohne Wärme und Wasser, so wie auch ich es seit Jahren führen muss."

„Die Regierung lässt ausrichten, dass sie bereit ist, Euch eine großzügige Rente zu gewähren, sobald der Frühling wieder ins Land zieht" , erklärte einer der Abgesandten.

Sterlin überlegte. „Gut. Meine Bedingung ist, dass niemand im Land mehr hungern oder frieren muss. Wenn die Regierung das garantieren kann, dann wird wieder Frühling sein. Keine Minute eher. Geht und richtet das aus."

Die Minister im Parlament überlegten lange hin und her. Es wurde Anfang Juni, bis neue Gesetze zur Unterstützung der Armen erlassen wurden. Als der letzte Minister den Beschluss unterzeichnet hatte, flog plötzlich ein bunter Vogel laut zwitschernd am Fenster vorbei, und auf den Wiesen streckten die ersten Blumen ihre Köpfe unter der Schneedecke hervor.

Im Schloss aber schaute der alte Zauberer zufrieden in seine Kristallkugel. Und wenn er nicht gestorben ist, so verfolgt er noch heute das Geschehen im Lande.

© Christine Erdiç

Zu Besuch bei Tante Trude

Plitsch platsch, plitsch platsch …

Nepomuck kniete auf dem Sofa und hatte seine Nase fest an die Fensterscheibe gepresst. Sehnsuchtsvoll starrte er in den Regen.

„Darf ich raus?", fragte er mit leiser Hoffnung.

„Nein, es regnet", lautete die knappe, aber bestimmte Antwort. Nepomuck seufzte und sah Tante Trude vorwurfsvoll an. Tante Trude war eigentlich gar nicht seine richtige Tante, sondern die Tante seiner Mutter, also seine Großtante. Aber Großtante Trude klang einfach albern, also hieß sie für die Kinder eben Tante Trude.

Tante Trude wohnte im Nachbardorf allein in einem kleinen Koboldhäuschen nah bei einem Bach.

„Nicht weit genug weg", hatte Nepomucks älterer Bruder Norbert einmal boshaft gesagt. Die Kobolde waren eigentlich ein recht lustiges kleines Völkchen und stets zu Schabernack und Späßen aufgelegt. Nicht so Tante Trude. Mit ihrem grauen Haarknoten und der dunklen Kleidung vermittelte sie einen recht humorlosen Eindruck.

Vorgestern hatte sie zu Vater, der sie besucht hatte, um nach dem Rechten zu schauen, gesagt: „Schick mir doch einmal den Nepomuck für ein paar Tage her. Ich habe ihn schon so lange nicht gesehen."

Nepomuck konnte sich gar nicht mehr an die Tante erinnern. Aber Norbert, der schon einmal dort war, hatte ganz gemein gegrinst und ihm dann viel Spaß gewünscht. Vater hatte ihn am nächsten Morgen zur Tante begleitet und bei ihr zurückgelassen.

Und seitdem langweilte sich der kleine Kobold. Tante Trude saß in dem Ohrensessel neben dem Ofen und strickte Pullover für den Winter. Klipp klapp machten ihre Nadeln. Zwischendurch sah sie streng über den Brillenrand hinweg und kontrollierte Nepomuck. Sobald er sich bewegte war sie auf der Hut.

Daran war er natürlich nicht ganz unschuldig, das musste er zugeben.

Gestern hatte er heimlich von der leckeren selbstgemachten Marmelade genascht und war dabei in den Topf gefallen, weil er sich zu weit vorgebeugt hatte. Zum Glück war die Konfitüre schon abgekühlt gewesen. Aber die Tante war außer sich.

„Wer soll das denn jetzt noch essen?!", hatte sie entsetzt gerufen und dem mit Heidelbeersaft besudelten Nepomuck mit dem knochigen Finger gedroht. Sie musste für ihn Wasser in Eimern aus dem Bach heranschleppen, auf dem Herd erwärmen und in einen Holzbottich kippen, weil es schon zu kalt war, um draußen zu baden.

Als er wieder sauber war, erwischte sie ihn mit ihren alten Lockenwicklern auf dem Kopf. Kunstvoll hatte er sich fünf Stück davon in sein krauses Haar gedreht und bekam sie nun nicht wieder heraus. Es ziepte, und er begann zu jammern.

„Schadet dir gar nix", sagte die Tante streng und nahm eine Schere zu Hilfe. An einigen Stellen war sein Haar nun kürzer und die Kopfhaut schien hindurch.

Nepomuck warf einen verärgerten Blick auf Tante Trude. Es war ruhig geworden. Kein Klipp klapp. Die Tante war eingenickt und das Strickzeug auf ihren Schoß gerutscht.

Nepomuck überlegte nur kurz, dann schlich er zur Tür und drückte die Klinke runter. Er wollte weg. Sein Plan stand fest: zurück in sein Dorf, nach Hause zu den lustigen Geschwistern.

Draußen war es ungemütlich und er nach kurzer Zeit pitschnass.

Egal, nur weiter. Dahinten war der Bach. Auf der feuchten lehmhaltigen Erde konnte man jetzt sicher wunderbar rutschen. Vergessen war der Regen.

Nepomuck sauste auf dem Hosenboden johlend dem Bach entgegen. Wie das quarkschte und schmatzte! Jetzt müsste Norbert hier sein, dachte er. Er merkte viel zu spät, dass der Bach Hochwasser führte durch den starken Regen. Und so konnte er auch nicht mehr rechtzeitig abbremsen. Mit einem entsetzten Aufschrei und einem lauten Platsch landete der kleine Kobold im Wasser.

Er tauchte unter in eisige Fluten, kam wieder hoch und rang nach Luft. Das Ufer war zu rutschig um Halt zu finden, seine Hände glitten immer wieder ab. Verzweifelt kämpfte er um sein Leben.

Da erschein plötzlich ein langer Ast vor seinen Augen. Tante Trude klammerte sich mit einer Hand an einem Busch fest und hielt ihm mit der anderen den Zweig entgegen. Mit letzter Kraft griff er zu und ließ sich aus dem Wasser ziehen.

Tante Trude sagte nichts. Das Strafgericht blieb aus. Schlotternd und beschämt ging er neben ihr den Weg zurück zu dem kleinen Häuschen.

Dort bekam er ein warmes Bad, schon wieder einmal, trockene Klamotten und wurde auf dem gemütlichen Sessel neben dem Ofen platziert. Die Tante kam mit Keksen, Blaubeerplätzchen und heißem Tee. Nepomuck griff beherzt zu.

„Bist du denn hier so unglücklich, dass du fortlaufen musstest?" Traurig sah sie den kleinen Kobold an. Nepomuck war zerknirscht.

„Das eben war sehr gefährlich, weißt du das?"

Er nickte.

„Als ich klein war, da bin ich auch einmal in den Bach gefallen."

Nepomuck konnte sich nur schwer vorstellen, dass Tante Trude ebenfalls mal ein Kind war.

„Doch, doch. Ich hatte damals lange schwarze Zöpfe und habe unglaublich viel Unfug angestellt. Aber ich erzähl dir am besten mal die ganze Geschichte ..." Sie schmunzelte vergnügt und sah plötzlich gar nicht mehr streng aus.

Und während der Koboldjunge begierig der Erzählung lauschte, ab und zu laut auflachte und dabei seine leckeren Kekse mampfte, stellte er fest, dass es eigentlich doch recht unterhaltsam war bei Tante Trude. Er würde seinen Vater fragen, ob er noch ein paar Tage bleiben durfte.

© Christine Erdiç

Robin

Die alten Geschichten erzählten, dass Drachen böse, gefährlich und gemein waren. Hätten sie Robin gekannt, hätten sie die Geschichten anders erzählen müssen.

Robin war zwar auch ein richtiger Drache, aber wesentlich kleiner als seine Artgenossen, jedoch konnte auch er Feuer spucken und hatte messerscharfe Zähne. Aber er trat jedem, egal ob Mensch oder Tier, freundlich gegenüber.

Seine Familie versuchte zwar, ihn davon zu überzeugen, wie ein richtiger Drache in ihren Augen – gemein und gefährlich – sein sollte, doch Robin hatte dazu keine Lust. Er war einfach nur nett und wollte Gutes tun. Er hatte keinerlei Aggression in sich. Er war der Meinung, dass Harmonie besser sei als Streit und Feindseligkeit.

Also verließ er seine Sippe, um sich auf die Reise zu machen. Er wollte einen Ort finden, an dem er in Ruhe und Frieden leben konnte. Wo keiner glaubte, dass Drachen immer nur böse sind. Aber gab es so einen Ort überhaupt? Glaubten nicht alle nur das Schlechteste über diese Wesen? Um zu beweisen, dass es auch nette Drachen gab, machte er sich also auf den Weg.

Er wanderte über Berge und Täler, bis er an ein kleines Waldstück mit einem See und einer Höhle gelangte. Es gefiel ihm sofort, und er beschloss, erst einmal an diesem Ort zu bleiben.

Hier gab es alles, was er brauchte. In der Höhle hatte er genug Platz zum Schlafen, und das Gewässer war tief genug, um ein ausgedehntes Bad zu nehmen. Also der perfekte Ort.

Zwei Tage erholte er sich dort. Dann packte ihn die Neugierde, und er wollte seine Umgebung erkunden. Auf seinen Streifzügen entdeckte er ein Dorf. Robin fand einen sicheren Platz, von dem er das Geschehen dort beobachten konnte, denn Menschen hatten ihn schon immer fasziniert.

Ein kleiner Junge fiel ihm dabei besonders auf. Er lachte viel und war zu allen freundlich und hilfsbereit. Er wollte ihn unbedingt kennenlernen. „Aber wie soll ich das machen?", fragte Robin sich. „Sicher denken auch hier alle, dass wir böse sind", hämmerte es in seinem Kopf. „Wie soll ich die Menschen nur überzeugen, dass ich anders bin?"

All diese Gedanken quälten ihn. Er wollte nicht mehr allein sein und endlich einen Freund haben. Wusste aber immer noch nicht, wie er es schaffen sollte, diesen kleinen Menschen kennenzulernen.

Robin beobachtete ihn Tag für Tag aus sicherer Entfernung und wartete auf eine passende Gelegenheit, wie er sich zeigen konnte. Seine Geduld wurde auf eine harte Probe gestellt, aber eines Tages ergab sich diese Möglichkeit.

Der Drache sah, wie der Junge allein in den Wald lief. Er folgte ihm unauffällig. Am See hielt er an und setzte sich ans Ufer. Robin versteckte sich hinter einem Strauch und machte sich so klein, wie es nur ging, damit er unentdeckt blieb.

„Jetzt oder nie", schoss es ihm in den Kopf. „Aber wie mache ich es nur, ohne ihm Angst einzujagen?"

Robin kam zu dem Entschluss, den Jungen einfach anzusprechen und wollte dann abwarten, was passierte. Natürlich hatte er Angst, dass das Kind einfach weglief, wenn es ihn sah, aber das musste er einfach riskieren. Langsam und verdeckt durch Sträucher schlich er sich näher an. Er nahm all seinen Mut zusammen und sagte leise: „Hallo."

Der Junge schaute sich verwundert um, und als er niemanden sah, fragte er zögerlich: „Wer ist da?", doch es kam keine Antwort. Erneut fragte er: „Wer ist da? Zeig dich, ich habe keine Angst", doch auch hierauf erhielt er keine Antwort.

Der Junge wollte gerade gehen, als er wieder ein leises ´Hallo` vernahm. Er schaute in die Richtung, aus der er die Stimme vermutete. Da er aber immer noch niemanden sehen konnte, bewegte er sich vorsichtig auf den Strauch zu, von wo er glaubte, die Stimme gehört zu haben.

Leise sagte er: „Wer ist da? Zeig dich."

„Bist du dir sicher?", fragte Robin.

„Natürlich."

„Also gut, aber du musst mir versprechen, dass du nicht schreist und fortläufst, wenn du mich siehst. Denn ich will dir nichts Böses tun, sondern dich nur kennenlernen. Ehrenwort."

„Jetzt mach es nicht so spannend. Ich verspreche dir, ich werde nicht schreien und auch nicht fortlaufen."

Und als der Drache dann aus dem Schutz des Strauches heraustrat, traute der Junge seinen Augen nicht. Diese wurden immer größer, aber er hielt wie versprochen Wort und trat nicht die Flucht an, so wie es sonst üblich war.

„Ich bin Robin. Wer bist du?"

„Ich bin Jim. Was machst du hier?"

Der Drache schaute den Jungen an und erzählte ihm dann, warum er seine Familie verlassen und sich auf die Reise begeben hatte.

Jim hörte gespannt zu, und als Robin mit seinem Bericht fertig war, fing er herzhaft an zu lachen.

„Was ist daran so lustig?", wollte Robin wissen.

„Hier haben auch alle Angst vor Drachen."

„Du nicht."

„Das stimmt, aber glaube mir, das restliche Dorf hat Furcht, und ich glaube nicht, dass es überhaupt einen Ort gibt, an dem Drachen und Menschen friedlich zusammenleben."

„Warum haben denn alle solche Angst vor uns?"

„Das ist nicht schwer zu erklären. Es gibt viele alte Erzählungen, da sind Drachen immer die Bösen. Sie haben Dörfer zerstört und Angst und Schrecken verbreitet. Diese Geschichten sind in den Köpfen der Menschen so tief verwurzelt, dass sie davon ausgehen, dass jeder von euch böse ist."

Verwundert schaute Robin Jim an. „Erzählst du mir alle Geschichten, die du kennst? Bitte. Ich muss einfach wissen, was passiert ist."

„Na gut", antwortete er und fing an.

Lange saßen sie so zusammen, und als der Junge geendet hatte, wunderte sich Robin nicht mehr, warum die Leute so eine Angst vor seiner Art hatten und schämte sich dermaßen, zu diesen Monstern, wie die Menschen sie nannten, zu gehören.

„Kein Wunder, dass ihr solches Grausen vor uns habt! Wenn sie mich kennen würden, dann könnten sie sehen, dass es auch Ausnahmen gibt."

Robin schaute Jim fragend an.

„Los, raus mit der Sprache. Dir liegt doch noch etwas auf dem Herzen?", fragte er.

„Da hast du recht. Ich wundere mich immer noch darüber, dass wir beide miteinander reden können. Schließlich bist du ein Mensch und ich ein Drache. Alle anderen, auf die ich bisher gestoßen bin, konnten mich nicht verstehen, und auch ihre Worte waren für mich unverständlich. Wieso verstehe ich dich?"

„Es wird erzählt, dass, wenn beide Parteien reinen Herzens sind und sich gegenseitig kein Leid zufügen wollen, sie durch Magie miteinander verbunden sind und dadurch eine gemeinsame Sprache sprechen können. Ich muss zugeben, ich habe daran nie geglaubt, aber wie man sieht, stimmt es."

„Darf ich dich noch um etwas bitten?", gab Robin etwas schüchtern von sich.

„Sicher, schieß los!"

„Ich würde so gerne die Leute aus deinem Dorf kennenlernen. Du kannst ihnen doch sagen, dass ich nett bin."

„Ich glaube, wir sollten damit noch etwas warten, bis wir dich präsentieren. Erst einmal müssen wir uns einen guten Plan überlegen, wie wir die ganze Sache angehen. So lange können wir uns doch hier weiter treffen, und dann fällt uns bestimmt gemeinsam etwas ein. Was hältst du davon?"

„Das ist eine gute Idee." Und so kam es, dass sie sich regelmäßig am See trafen und richtig gute Freunde wurden.

Jim erzählte Robin viele Geschichten. Dieser lauschte gespannt und schämte sich immer mehr dafür, was Drachen Menschen schon alles angetan hatten.

Eines Tages kam Jim nicht zum verabredeten Zeitpunkt. Robin wartete und wartete, aber sein Freund kam nicht. „Wo bleibt er nur? Sonst ist er doch immer pünktlich. Hoffentlich ist nichts passiert!", dachte Robin sich.

Die Sorge um seinen Kameraden wurde immer größer, und deshalb machte er sich einfach auf den Weg Richtung Dorf. Er wollte Jim entgegengehen, aber es war nach wie vor nichts von ihm zu sehen. Je mehr sich Robin der Siedlung näherte, desto mehr stieg ihm der Geruch von Feuer in die Nase, und die Sorge um seinen Freund wurde immer größer.

Dort angekommen erschrak Robin vor dem, was er sah. Einige Häuser standen in Flammen, und die Dorfbewohner waren in der Mitte des Marktplatzes zusammengetrieben. Die Erwachsenen hatte man gefesselt, die Kinder wurden von Fremden mit Waffen in Schach gehalten.

Robin wusste sofort, dass sein Freund Jim und die anderen in großer Gefahr waren. Er spürte die Angst der Dorfbewohner. Er wusste genau, dass er ihnen helfen muss, wusste aber nicht wie.

Dann erinnerte er sich an eine Geschichte von Jim. Dieser hatte erzählt, dass die meisten Menschen Angst vor dem lauten Gebrüll und dem Feuer der Drachen hatten, und da kam ihm eine famose Idee.

Robin nahm all seinen Mut zusammen und stürmte laut brüllend in Richtung Dorfplatz und spuckte dabei Feuer. Allerdings achtete er genau darauf, dass er dabei niemanden verletzte.

Als die Eindringlinge den wütenden Drachen erblickten, gerieten sie in Panik. „Ein Drache, ein Drache, bringt euch alle in Sicherheit, sonst ist es aus!", schrien sie.

Und je mehr sie schrien, umso lauter brüllte Robin. Es machte ihm richtig Spaß, diese Fremden zu verängstigen. Auch den Dorfbewohnern konnte man ihre Angst ansehen, aber da sie gefesselt waren, hatten sie keine Möglichkeit zu fliehen. Nur einer blieb ganz ruhig stehen und grinste.

Die Fremden stürmten, ohne weiter nachzudenken, panisch aus dem Dorf. Diese Situation nutzte Jim aus, um einige seiner Leute von den Fesseln zu befreien. Sobald sie frei waren, gaben auch sie, von Angst getrieben, Fersengeld und versuchten, irgendwo Schutz zu finden.

„Ihr müsst keine Angst haben", rief Jim ihnen laut hinterher und ging auf Robin zu.

„Bist du verrückt, Junge, verschwinde da sofort", rief ihm ein Mann besorgt zu.

„Keine Sorge, ich weiß schon, was ich tue." Jim ging auf Robin zu und berührte ihn. „Seht selber, er ist ganz harmlos. Er ist mein Freund."

Auf einmal näherte sich ein kleines Mädchen. Sie schaute den Drachen mit großen Augen an, streckte ihre Hand nach ihm aus und berührte ihn.

„Seht ihr, ich habe doch gesagt, dass er euch nichts tut."

Langsam kamen alle aus ihren Schlupflöchern und näherten sich vorsichtig.

Robin stand wie angewurzelt auf einer Stelle und hielt sogar den Atem an. Er wollte sie nicht durch eine unbedachte Bewegung erschrecken.

Sie schauten ihn nach wie vor mit großen Augen an, und ihr Mund stand vor Verwunderung offen, aber keiner traute sich, etwas zu sagen. Die Kleine war die Erste, die anfing zu sprechen: „Jim, wer ist denn dein Freund, und woher kennst du ihn?"

Er schaute das Mädchen an und erzählte, wie sie zueinander gefunden hatten, und alle lauschten gespannt.

„Kannst du ihn verstehen?", wollte sie wissen. Jim nickte ihr zu.

Dann ergriff ein altes Mütterchen das Wort. Sie schaute Robin direkt in die Augen.

„Sag deinem Freund bitte, dass wir ihm sehr dankbar sind, dass er uns gerettet hat."

Der Drache schaute die Alte an. Er hatte ihre Worte zwar nicht verstanden, spürte aber, dass es nur Gutes sein konnte.

Dann hörte man nur noch Rufe, ein Hoch auf Robin, unseren Retter, und alle jubelten.

Als die Freunde sich am nächsten Tag wieder am See trafen, erzählte Jim, dass diese Eindringlinge die Dorfbewohner ausrauben wollten. Es handelte sich um eine fiese Bande von Verbrechern, die regelmäßig im Dorf auftauchte, um alles zu plündern.

„Die kommen bestimmt nicht wieder, jetzt, wo sie wissen, dass wir hier einen Drachen als Haustier haben", sagte Jim lachend, und Robin stimmte herzhaft in sein Lachen ein.

Schnell verbreitete sich die Geschichte von einem netten Drachen, der Gutes für die Menschheit tat.

Nun wurden endlich die furchteinflößenden Geschichten umgeschrieben. Die Menschen sahen ein, dass nicht alle Drachen schlecht waren. Robin war sehr stolz darauf, das Ansehen seiner Art verbessert und einen Freund gefunden zu haben, der von nun an treu an seiner Seite stand. Jetzt hatte er all das, wovon er immer geträumt hatte. Auch in ferner Zukunft wurde immer noch von Robin, dem Guten, dem Schutzdrachen der Menschen berichtet.

Das schwarze Einhorn

Es gab alte Geschichten, in denen erzählt wurde, dass hin und wieder ein schwarzes Einhorn das Licht der Welt erblickte.

Diese Erzählungen kannte man auch im Glitzerwald. Aber für die Bewohner dort waren das nur Hirngespinste, da noch niemand so ein Tier gesehen hatte. Für sie war klar, ein Einhorn ist weiß, mit wunderbar glänzendem Fell. Alles andere war für sie unvorstellbar, und sollte es doch so ein Wesen geben, konnte es nur mit dem Bösen in Verbindung stehen.

Keiner wusste, dass tief im Wald Mia lebte. Ein schwarzes Einhorn, wegen seiner Farbe verstoßen von den Eltern.

Auch Mia besaß diese magischen Kräfte, die einem Einhorn zugeschrieben wurden, aber wegen ihres andersfarbigen Felles bekam sie nur Hohn und Spott zu spüren.

Das war für das sensible Einhorn zu viel. Es war doch nicht böse, im Gegenteil, aber der Aberglaube saß zu fest in den Köpfen der anderen Waldbewohner. Immerzu ließen sie es Mia spüren, dass sie unerwünscht war, bis sie genug davon hatte und eines Tages fortlief… Ohne zu wissen, wohin, trabte sie los.

Als das schwarze Einhorn Rast im Glitzerwald machte, entdeckte es durch Zufall ein geeignetes Versteck, in dem es etwas verweilen konnte. Dieses verließ Mia allerdings nur nachts, um unentdeckt zu bleiben. Und so kam es, dass sie immer mehr vereinsamte.

Eines Nachts schlich sie wieder aus ihrer Höhle, um den schönen Sternenhimmel zu betrachten. Sie war ganz in Gedanken versunken, als sie zum Himmel schaute, und merkte dadurch nicht, dass sich ihr ein kleiner Schatten näherte.

„Wer bist du denn? Dich habe ich hier aber noch nie gesehen!", vernahm Mia.

Erschrocken drehte sie sich um und blickte in das Gesicht einer Elfe.

Sie wollte gerade die Flucht ergreifen, als dieses kleine Wesen rief: „Lauf nicht weg! Ich tue dir nichts! Warum hast du denn so eine Angst? Ich bin doch nur Luna und will dir kein Leid zufügen."

Mia blieb stehen, warum, wusste sie auch nicht, aber irgendwie klang diese Stimme anders als all die, die sie bisher gehört hatte. Sie drehte ihren Kopf zu Luna und sah, dass die Elfe sich ihr näherte.

Als Luna schließlich versuchte, Mia zu berühren, wich diese aus und machte ein paar Schritte rückwärts.

„Nur die Ruhe, du brauchst dich wirklich nicht zu fürchten. Ich bin völlig harmlos."

So ganz traute Mia dem Ganzen nicht.

„Also gut, alles auf Anfang", sagte die Elfe freundlich. „Ich bin Luna. Und wer bist du?" Erwartungsvoll schaute sie Mia an.

„Ich bin Mia", brachte das Einhorn leise heraus.

„Na prima, das wäre schon einmal geklärt. Aber warum wolltest du vor mir weglaufen? Bin ich so furchteinflößend?", kicherte die Elfe und sah an ihrer zierlichen Gestalt hinunter.

Mia schüttelte die Mähne, und ein schüchternes Lächeln gelang ihr. Stockend erzählte sie ihre Geschichte.

Luna war mucksmäuschenstill und lauschte. Als das Einhorn geendet hatte, schüttelte sie den Kopf. „Na, so einen Blödsinn habe ich ja noch nie gehört! Ein Einhorn, das böse sein soll. Ihr seid das Reinste, das es gibt", stellte sie entrüstet fest.

„Aber ich bin schwarz."

„Na und, das ist doch nur eine Farbe."

„Warum bist eigentlich du mitten in der Nacht hier unterwegs?", wollte Mia von der Elfe wissen.

„Ich sammle Kräuter", erklärte Luna. „Die wachsen nur hier, und wenn man sie nachts schneidet, haben sie eine besondere Heilwirkung. Pass auf, ich nehme dich mit in unser Dorf. Da wirst du sehen, dass wir harmlos und seelengut sind."

Begeistert von dieser Idee war Mia nicht, ließ sich aber überreden.

So langsam wurde es hell, der Tag brach herein, und das ungleiche Paar machte sich auf den Weg zu Lunas Siedlung. Als sie dort ankamen, herrschte schon reges Treiben.

Alle schauten sehr überrascht, als die Elfe gut gelaunt mit Mia im Schlepptau den Dorfplatz betrat. Doch die Begeisterung schlug rasch ins Gegenteil um.

„Bring dieses Ding von hier weg!", hörte man sie wild durcheinander schnattern. „Das bringt Unglück! Hinfort mit diesem schwarzen Ungetüm!"

Aus dem Augenwinkel bemerkte Mia, dass eine der Elfen einen Stein aufhob und im Begriff war, ihn nach ihr zu werfen. Das Einhorn reagierte blitzschnell, machte auf den Hufen kehrt, galoppierte in Windeseile zurück zum Wald und verschwand darin.

Luna stand einfach nur da … Das Geschehene entsetzte sie, und sie konnte nicht fassen, was sich gerade zugetragen hatte. Tief in ihr drin fing es an zu brodeln. Sie blickte noch einmal in die Richtung, in die Mia geflüchtete war, drehte sich wieder um und explodierte dann sprichwörtlich. Eine Schimpfkanonade folgte der anderen.

Die Oberfee Elora versuchte sie zu beruhigen, erreichte damit aber genau das Gegenteil. Noch lauter als zuvor tobte Luna: „Und ich dachte, ihr seid besser! Ihr seid genauso schlimm wie alle anderen! Ihr urteilt über Mia, obwohl ihr sie überhaupt nicht kennt."

„Ja aber", warf Elora ein, „… du weißt doch, die Geschichten um die schwarzen Einhörner …"

Luna ließ die Ältere nicht aussprechen und blaffte: „Schwarz ist nur eine Farbe! Mia ist nicht böse. Ich schäme mich so für euch!" Ohne ein weiteres Wort drehte sie sich um und rannte ebenfalls Richtung Wald.

Sie lief zu der Stelle, wo sie sich in der Nacht begegnet waren. Laut rief Luna immer wieder nach dem Einhorn, aber es kam keine Antwort. Durch Zufall entdeckte die Elfe den Eingang zu einer Höhle. Ohne nachzudenken, tappte sie hinein. Beinahe hätte sie den Schatten in der Ecke übersehen. Vorsichtig näherte sie sich ...

Ihr fiel ein Stein vom Herzen, als sie das Einhorn erkannte. „Da bist du ja! Ich habe dich schon überall gesucht", seufzte Luna. „Es tut mir alles so leid. Das wollte ich bestimmt nicht."

Mia blickte hoch, sah die kleine Elfe traurig an und senkte dann wieder den Kopf.

Luna streichelte das Einhorn liebevoll am Kopf. „Alles wird gut, glaube mir", versuchte sie zu trösten. „Ich bleibe bei dir." Aneinander geschmiegt schliefen die beiden ein.

Am nächsten Morgen wurden sie von lauten Rufen geweckt.

„Luna, Luna, wo bist du?", war zu hören. „Komm raus, wo auch immer du bist, die kleine Isa ist verschwunden. Wir müssen sie suchen."

Verwundert schaute Mia Luna an. „Wer ist Isa?", flüsterte sie.

„Das ist die kleine Tochter von Elora, unserer Oberelfe. Komm, wir müssen helfen."

„Ich bleibe hier", sprach das Einhorn bestimmt. „Hinterher bin ich schuld, wenn ihr sie nicht findet, und sie verstoßen dich vielleicht auch. Das will ich nicht." Unwillig schüttelte Mia ihre Mähne. „Ich habe am eigenen Leib zu spüren bekommen, wie sich das anfühlt. Geh und hilf! Ich bleibe. Wenn du willst, treffen wir uns heute Nacht wieder. Aber bitte pass auf, dass dich keiner sieht, wenn du die Höhle verlässt."

Gesagt getan. Luna schlüpfte vorsichtig hinaus, und kurz darauf vernahm Mia eine erleichterte Stimme: „Da bist du ja!"

Mit gespitzten Ohren lag das Einhorn in der Höhle, immer in der Hoffnung, irgendetwas zu hören oder Neuigkeiten zu erfahren. Doch es blieb still.

‚Ob alles in Ordnung ist? Ob sie das Elfenkind wohl gefunden haben?', schoss es Mia durch den Kopf. Die Sorgen um ihre Freundin und die vermisste Isa siegten, und das Einhorn erhob sich von seinem Lager. Die guten und ehrlichen Eigenschaften, die dem magischen Tier nachgesagt wurden, erfüllten sein Herz und ließen vergessen, dass man es verstoßen hatte.

Plötzlich vernahm Mia einen lauten Schrei. Es gab kein Überlegen, und sie trabte los. Ihr stockte der Atem, als sie den Grund dafür entdeckte.

Viele Elfen flatterten wild durcheinander und versuchten, etwas aus dem Bach zu ziehen. Es herrschte ein völliges Durcheinander.

Was, wenn jemand die Kontrolle verlor und ins Wasser stürzte? Das war das sichere Todesurteil. Waren die Flügel der Elfen einmal nass, hatten sie keine Chance mehr, sich in die Lüfte zu heben, das wusste Mia, und so klein wie sie waren, würde die Strömung sie sofort mitreißen.

Das Einhorn näherte sich und erkannte Luna. Diese war gerade dabei, ein kleines Blatt, auf dem etwas Winziges saß, aus dem Wasser zu fischen. Sie bekam es zu fassen, verlor jedoch das Gleichgewicht, stolperte in den Bach, ließ das Blatt nicht sofort los und durch den Ruck wurde auch das kleine Wesen, das gerettet werden sollte, ins Wasser katapultiert.

Schon trieben die beiden mit der Strömung bachabwärts. Angsterfüllt schrien sie, ebenso wie die wild herumflatternden Elfen.

Mia hielt den Atem an. Sie preschte los und sprang vor die Elfen ins kalte Wasser. „Fasst meine Mähne, wenn ihr bei mir seid", wieherte sie laut. „Nun macht schon!"

In letzter Sekunde bekam Luna die Haare zu fassen. Mit einer Hand klammerte sie sich daran, mit der anderen hielt sie krampfhaft das kleine Wesen fest.

Das Einhorn erkannte, dass es eine sehr kleine Elfe war. Das konnte nur Isa sein. Ohne Probleme brachte Mia die zwei sicher ans Ufer.

Elora eilte zu dem triefend nassen Einhorn, löste ihr Kind aus dessen Mähne und nahm es in den Arm. Luna umarmte Mia, sagte aber kein Wort.

Die anderen Elfen schauten nur entsetzt. Eine jedoch fand schnell ihre Sprache wieder und rief: „Da ist wieder das schwarze Ungetüm! Das Unglück auf vier Beinen! Verschwinde! Ohne dich wäre das alles nicht passiert!"

Ohne etwas zu sagen, löste Mia sich aus Lunas Umarmung, drehte sich um und lief mit gesenktem Kopf in den Wald. Luna rief ihr hinterher, sie solle bleiben, aber Mia reagierte nicht darauf.

„Jetzt reicht es aber wirklich!", schrie Luna die andere Elfe an. „Ohne Mia wären wir gestorben! Was denkst du dir überhaupt? Du hast nichts getan! Bist nur herumgeflattert und hast altkluge Sprüche geklopft! Ja, darin bist du toll, aber mehr kannst du nicht!" Dann ließ sie die andere einfach stehen und folgte Mia.

Ohne großen Umweg begab sie sich zur Höhle und fand dort ihre Freundin. Mia war im Begriff aufzubrechen.

„Wo willst du hin?", wollte Luna wissen.

„Es ist besser, wenn ich fortgehe", seufzte das Einhorn. „Ich möchte nicht, dass du meinetwegen Probleme bekommst. Du warst bisher das einzige Lebewesen, das nett zu mir war. Und dafür bin ich dir sehr dankbar. Ich hatte noch nie eine Freundin, und genau deshalb muss ich gehen. Ich schade dir nur."

Luna wollte nicht glauben, was sie da hörte. „Nein! Du schadest mir überhaupt nicht. Das Gegenteil ist der Fall. Du bist das Beste, was mir je begegnet ist. Bitte bleib. Ich lasse nicht zu, dass du gehst."

Mia ignorierte den Einwand und fragte stattdessen: „Eins interessiert mich aber noch. Was hat die Kleine da am Wasser gewollt?"

„Sie wollte Boot fahren."

„Boot fahren? Ist sie denn verrückt?" Ungläubig schüttelte das Einhorn den Kopf.

„Nein, verrückt ist sie nicht, aber sehr unternehmungslustig", kicherte Luna. „Du würdest nicht glauben, was die schon alles angestellt hat. Auch wenn Isa noch sehr klein ist, hat sie es faustdick hinter den Ohren. Langweilig wird es mit ihr nicht."

Erst jetzt antwortete Mia auf Lunas vorherige Aussage: „Es tut mir leid. Es geht nicht. Deine Freunde werden mich nie akzeptieren. Sie werden immer zwischen uns stehen und dir das Leben schwermachen. Glaube mir, es ist besser so. Wenn du willst, kannst du mich noch ein Stück begleiten, aber dann werden sich unsere Wege trennen. Danke für alles."

Traurig schaute Luna das Einhorn an, und Tränen kullerten aus ihren Augen. Sie begriff, dass Mias Entschluss feststand. Das Einzige, was sie noch machen konnte, war ein kurzes Stück des Weges mit ihr zu gehen, um dann für immer Abschied zu nehmen.

Gemeinsam gingen sie, besser gesagt ritten sie los, denn Luna hatte es sich auf Mias Rücken bequem gemacht. Sie war immer noch sehr erschöpft von den Erlebnissen am Bach.

Mia hielt an. „So, nun heißt es ‚Leb wohl!' meine liebe Freundin. Flattere zurück und behalte mich in guter Erinnerung. Ich werde dich nie vergessen."

Luna drückte dem Einhorn einen tränennassen Kuss auf die bebenden Nüstern. Sie wusste, sie konnte Mia nicht umstimmen. Sie schaute und winkte ihr so lange nach, bis sie hinter der nächsten Biegung verschwand.

Traurig wollte sich die Elfe gerade auf den Heimweg machen, als plötzlich die Dorfbewohner aus sämtlichen Richtungen angeflattert kamen.

„Wo ist sie?", rief Elora aufgeregt.

„Ja, wo ist schwarzes Einhorn?", plapperte die kleine Isa.

„Da kommt ihr zu spät", sagte Luna. „Mia ist fort - und wen wundert es, so wie ihr sie behandelt habt. Wie war das noch: das schwarze Ungetüm, das Unglück auf vier Beinen und was ihr Mia noch so alles an den Kopf geworfen habt. Da soll sie bleiben?"

„Isa will aber Einhorn zurück! Mama bitte. Ist doch Isas Freund", brabbelte die Kleine.

„Genau deshalb sind wir doch hier. Wir möchten uns entschuldigen", sagte Elora und warf während ihrer Worte der Elfe mit dem vorlauten Mundwerk einen bösen Blick zu. Diese senkte den Kopf, gab aber keinen Ton von sich.

„Das hätte euch früher einfallen müssen! Sie kommt nie wieder zurück!", rief Luna.

„Doch, daaa!", rief Isa.

Luna drehte sich um. „Mia, du bist zurück! Ist das schön! Aber warum?"

„Ich weiß auch nicht. Ich musste dich noch einmal sehen. Du bist für mich wie eine kleine Schwester. Ich habe doch nur dich. Da kann ich nicht so einfach gehen."

„Stimmt nicht", protestierte Isa. „Isa auch kleine Schwester!"

Mia schaute sie glücklich an und stupste sie vorsichtig mit ihrem Horn.

„Das kitzelt", prustete die Kleine los.

„Komm, wir gehen nach Hause", sagte Luna.

Mia schaute sie verwirrt an.

„Ja, gehen wir alle nach Hause", sagte auch Elora.

Das Einhorn wollte sein Glück gar nicht glauben.

Doch Luna bestätigte: „Ja, du hast richtig gehört. WIR gehen nach Hause. Wir dürfen uns glücklich schätzen, dich zu unserer Familie zählen zu dürfen."

Nun hatte Mia endlich all das, was sie sich immer wünschte. Am liebsten hätte sie die ganze Welt umarmt.

Und von nun an erzählte man die Geschichte von Mia, dem schwarzen Einhorn, das den Elfen nur Glück und Freude brachte. Schnell waren die alten Erzählungen vergessen, und keiner glaubte mehr, dass ein schwarzes Einhorn zu den bösen Mächten gehört und Unglück bringt.

Das wahre ICH

In einem weit entfernten Land lebte einst ein Mann, welcher mit sich und der Umwelt unzufrieden war. Sein Name war Toni. Überall, wo er während seiner Wanderschaft auftauchte, zierte Verwüstung seinen Weg. Er riss Blumen und Büsche aus, quälte Tiere sowie Menschen und stiftete Unruhe. Wieso sollten die Anderen glücklich sein, wo er es doch auch nicht war und nie mehr sein würde?!

Ja früher war alles anders. Er lebte mit seiner Sippe in einem kleinen Dorf, und alle waren glücklich und zufrieden. Doch eines Tages stürmten Plünderer die Siedlung und machten alles dem Erdboden gleich. Dabei verlor er seine Frau und Tochter. Von diesem Tag an war er ein Rastloser, und wo auch immer er auftauchte, zerstörte er alles, was ihm in die Quere kam.

So auch, als er eines Tages in einem Wald Rast machte. Wie immer riss er frustriert Büsche aus dem Boden und trampelte Blumen nieder. Er wusste allerdings nicht, dass er dabei beobachtet wurde. Als er gerade ein paar Vogeleier aus einem Nest werfen wollte, vernahm er ein lautes „HALT! Jetzt ist es aber genug!"

Verwundert schaute Toni sich um. Und auf einmal bewegte sich ein kleines Wesen auf ihn zu.

„Ich bin Lana und beobachte dich schon eine gewisse Zeit. Was soll das? Willst du diese Vogelfamilie unglücklich machen?", fuhr sie ihn an.

„Mir doch egal", erwiderte Toni. „Alle sollen spüren, wie es ist, wenn man Verluste erleidet. Genau wie ich. Ich wurde auch nicht gefragt. Weißt du eigentlich, wie weh es tut, wenn man seine Familie verliert?", antwortete er.

„Nein, das weiß ich nicht. Aber ich werde es nicht zulassen." Und als sie das sagte, hielt sie drohend ihren Zauberstab auf Toni.

„Mach doch, was du willst", antwortete er patzig.

„Ich werde dich mit einem Fluch belegen! Du sollst lernen, wieder zu lieben und andere Lebewesen zu achten. Deshalb verwandle ich dich in eine hässliche Kreatur und binde dich hier an diese Umgebung. Du wirst die Gegend nicht verlassen können, bis du keinen Hass mehr verspürst. Nahrung und eine trockene und sichere Bleibe wirst du finden. Du wirst so lange dein neues Dasein fristen, bis du deine Lektion gelernt hast oder jemand das Gute in dir sieht. Ich bin mir nämlich sicher, dass tief in dir ein gutes Herz schlägt. Und sei gewarnt! Solltest du wieder Unheil verrichten, kann ich noch ganz anders!"

Als Toni das hörte sprang er auf und wollte die Flucht antreten, doch Lana war schneller. Sie schwang ihren Zauberstab, richtete ihn auf den Mann und sprach eine Formel. Noch bevor dieser wusste, was um ihn herum geschah, stoben Pfeile aus ihrem Stab und trafen ihn. Er brach zusammen, krümmte sich vor Schmerzen und verlor dann das Bewusstsein. Als er wieder zu sich kam, rannte er einfach los, ohne auf Lana zu achten.

Völlig außer Atem hielt er an einem kleinen See an. Als er in das Wasser sah, glaubte er nicht, was er da erblickte. Was für eine Gestalt war das, die er im Glanze des Wassers sah. Das konnte doch nicht er sein! Eine runzelige, alte Person mit einer krummen Nase schaute ihn an. Eine große Narbe zierte das Gesicht, und die Augen waren blutunterlaufen. So etwas Hässliches hatte er noch nie gesehen! Toni schlug die Hände vors Gesicht, fiel auf die Knie und fing erbärmlich an zu weinen. „Das darf doch nicht sein! Das bin doch nicht ich!", schrie er vor Verzweiflung.

Langsam rappelte er sich wieder auf und wollte nur noch weg. Doch eine unsichtbare Macht hielt ihn fest und zwang ihn, dort zu bleiben. Da erinnerte er sich an die Worte von Lana. Er musste hier bleiben, es nutzte nichts. Also blickte Toni sich um und sah etwas abseits eine kleine Höhle. Er konnte sie ohne Probleme erreichen. Innen war es trocken, und so legte er sich erst einmal dicht an die Höhlenwand und schlief ein.

Nachts wurde er von dem Schrei einer Eule geweckt. Im ersten Moment wusste Toni nicht so genau, wo er war. Aber als er aus der Höhle heraustrat, um sich am See mit dem kühlen Nass etwas zu stärken, kam die Erinnerung zurück, als er sein Spiegelbild im Wasser sah. Er zuckte zusammen und flüchtete zurück in die Höhle.

Von diesem Tag an verließ Toni sein Versteck nur noch nachts. Das war einfach zu viel für ihn! Er schämte sich so für sein Aussehen. Immer wenn er gedankenversunken vor seiner Höhle oder am See saß, kamen Stück für Stück Erinnerungen an sein früheres Leben zurück.

Er hörte das Lachen seines Kindes und roch das gute Essen, das seine Frau für die Familie zubereitet hatte, wenn er von der Arbeit nach Hause kam. So glücklich waren sie und dann ... Tränen liefen ihm über das Gesicht.

Er war wie jeden Tag auf dem Weg zurück nach Hause von der Arbeit auf dem Feld. Toni vernahm schon von Weitem einen komischen Geruch. So, als wenn etwas gebrannt hatte. Als er um die Biegung kam, von wo er sein Haus sehen konnte, lag da nur noch Schutt und Asche. Er rannte los, und was er dann erblickte, riss ihm den Boden unter den Füßen weg. Seine Frau und Tochter lagen etwas abseits bewegungslos am Boden. Er berührte sie. Kein Zeichen von Leben war noch in ihren Körpern. Sie waren tot. Die Angreifer hatten kein Erbarmen gezeigt. Sein Kind hatte sogar noch die kleine Puppe in der Hand, die er ihr einen Tag zuvor geschenkt hatte.

Automatisch griff Toni in seine Jackentasche und zog dieses kleine Püppchen heraus. Auf einmal wurde die Stille durch einen markerschütternden Schrei durchbrochen. All seine Wut kam in diesem Moment aus ihm heraus. Toni verspürte so einen Zorn in sich, der sich nicht in Worte fassen ließ. Das Leben hatte für ihn keinen Sinn mehr!

So kamen die Tage und gingen auch wieder. Toni vereinsamte und fing an, Selbstgespräche zu führen. War doch niemand da, dem er all seinen Kummer und Schmerz berichten konnte. Sogar die Tiere flüchteten vor ihm, wenn sie ihn erblickten. Um sich Luft zu machen, stieß er jeden

Abend einen schmerzerfüllten Schrei aus, aber es half nichts, der Schmerz wollte einfach nicht verschwinden.

Eines Nachts wurde er von lautem Wolfsgeheul geweckt. Da war aber noch mehr - oder spielten ihm seine Ohren nur einen Streich?! Er trat in die Dunkelheit hinaus und horchte. Ganz leise hörte er ein Wimmern. Da war doch jemand in Gefahr. Ohne großartig nachzudenken, lief er dem Geräusch entgegen. Und da sah er auch schon, was los war. Ein kleiner Junge saß auf einem Baum. Drei Wölfe hatten diesen umkreist und warteten nur darauf, dass der Bub einen Fehler machte.

Ohne zu überlegen, brach Toni einen großen Ast ab und rannte schreiend und stockschwingend auf die Tiere zu. Diese reagierten blitzschnell und wandten sich Toni zu. Heulend und zähnefletschend gingen sie auf ihn los. Sie bissen ihm in Beine und Arme, aber Toni kämpfte weiter und schlug sie letztendlich in die Flucht.

Als er zu dem Jungen hochsah, bemerkte er, wie dieser ihn angeekelt ansah. „Komm runter, Kleiner. Es ist alles in Ordnung", sagte Toni zu ihm, aber dieser schaute ihn weiter angewidert an.

„NEIN!", schrie er verängstigt. „Du bist ein Monster!"

Diese Worte trafen Toni bis ins Mark. Trotzdem fragte er: „Was hast du um diese Zeit im Wald zu suchen? Weißt du nicht, wie gefährlich es hier ist? An jeder Ecke lauern Gefahren!"

„Natürlich weiß ich das. Das sieht man ja an dir." Er machte eine kurze Pause und sprach dann weiter. „Ich war Pilze und Kräuter sammeln. Als ich Rast machte, bin ich eingeschlafen. Dann wurde ich durch einen lauten Schrei geweckt. Keine Ahnung, wo er herkam, aber es war gut, dass er da war. Denn sonst hätte ich die Wölfe wahrscheinlich nicht gehört, und es wäre mein Ende gewesen. Es war bereits am Dämmern, die Dunkelheit brach an, und man konnte kaum noch die Hand vor Augen sehen. Nur ihr Heulen hat sie verraten. Schnell bin ich auf diesen Baum geklettert - den Rest hast du ja gesehen. Aber glaube mir, die haben mich nicht in ihre Fänge bekommen, und so etwas wie du wird das auch nicht schaffen! Komm mir nicht zu nah! Ich habe ein Messer und kann auch damit umgehen."

Toni blickte erneut zu dem Kind, und das war auch das Letzte, an was er sich erinnerte. Dann brach er zusammen.

Nach einer gewissen Zeit nahm der Junge all seinen Mut zusammen und kletterte herunter. Toni lag nach wie vor wie tot auf dem Boden. Er stieß ihn mit dem Fuß an, aber es kam keine Reaktion. Ohne großartig zu überlegen, packte er ihn unter den Armen und zog ihn ein Stück vom Ort des Geschehens weg. Aber wo sollte er mit ihm hin?

Es war stockdunkel. Suchend blickte er sich nach einer sicheren Bleibe für die Nacht um. Doch nichts war zu erspähen. Auf einmal sah der Bursche ein Licht. Wie magisch davon angezogen schleppte er Toni in diese Richtung. Es dauerte nicht lange, und schon waren sie am See, doch auf einmal war das Licht verschwunden.

Hier waren wohl fremde Mächte am Werk, kam es dem Knaben in den Sinn. Aber bevor er sich weiter Gedanken machen konnte, sah er die Höhle und zog Toni mit letzter Kraft dort hinein. Dann klappte auch er zusammen.

Als Toni am nächsten Morgen wach wurde, sah er den Jungen neben sich liegen. Schnell sprang er auf, verließ die Höhle und verkroch sich hinter einen nahegelegenen Busch und beobachtete den Höhleneingang.

Geweckt durch den Schrei eines Vogels trat der Junge, noch etwas verschlafen, hinaus und rief: „Komm raus! Ich weiß, dass du da bist! Ich werde nicht weglaufen!"

„Jeder läuft vor mir weg", antwortete Toni. „Du hast es schon richtig bemerkt, ich bin ein Monster. Sogar die Tiere flüchten vor mir. Geh nach Hause und lass mich in Ruhe. V-E-R-S-C-H-W-I-N-D-E endlich!", schrie er.

„Nein! Ich bleibe solange hier, bis du dich zeigst. Ich bin übrigens Elias."

Stille trat ein, und dann kam Toni vorsichtig aus seinem Versteck. Er hielt sich die Hände vor die Augen. War er doch dieses grelle Licht nicht mehr gewohnt. Jedoch bekam er mit, dass Elias, genau wie bei ihrem ersten Treffen, auf seinen Anblick entsetzt reagierte.

„Was ist mir dir geschehen?", wollte er wissen. Und so erzählte Toni ihm alles. Auch von Lana, die ihn mit diesem Fluch belegt hatte. Elias schaute ihn verwundert an. „Ich lebe hier schon so lange, aber von einer Fee Lana habe ich noch nie etwas gehört. Du musst dich irren."

„Du nennst mich einen Lügner? Ich habe noch nie gelogen! Ja, ich habe viele schlimme Dinge getan, und das bereue ich auch, aber gelogen habe ich noch nie."

„Beruhige dich. Ich kenne da jemanden, der dir helfen kann. Komm mit, ich bring dich dahin."

„Ich habe dir doch gesagt, ich kann diese Umgebung nicht verlassen. Es liegt ein Bann darauf. Mir ist nicht mehr zu helfen. Geh nach Hause! Da macht man sich bestimmt schon Sorgen um dich. Es ist besser so. Ich schade dir nur", sagte Toni traurig und eilte zurück zur Höhle, ohne Elias noch eines Blickes zu würdigen. Dieser schaute ihm traurig hinterher und verschwand dann ohne ein Wort zu sagen.

Seit dieser Begegnung mit Elias hatte Toni jeglichen Lebenswillen verloren. Er lungerte nur noch in der Höhle und fristete sein Dasein.

Dann vernahm er ein paar Tage später eine vertraute Stimme, die seinen Namen rief. Das war doch Elias! Trotzdem blieb er zusammengekauert liegen, hatte er doch jeglichen Mut verloren.

Der Junge trat in die Höhle und rief erneut nach ihm. Toni blickte kurz hoch und sah, dass er nicht alleine war. Eine wunderschöne Frau war an Elias Seite. Aber, das konnte doch nicht wahr sein! Das war doch … nein, das konnte doch nicht sein!

„Ich habe dir versprochen, dass ich zurückkomme. Das ist meine Mutter. Sie besitzt Zauberkräfte. Sie kann dir helfen. Du musst ihr nur vertrauen."

„Niemals! Das ist die Fee, die mich zu dieser abscheulichen Kreatur gemacht hat! Diese blauen Augen werde ich nie mehr vergessen. Verschwindet!" Und als er das sagte, fing er bitterlich an zu weinen.

Elias Mutter ging zu Toni, schaute ihn an und legte ihre Hände auf sein Gesicht. Eine angenehme Wärme durchflutete auf einmal seinen Körper, und er fühlte sich so sorglos und glücklich, wie schon lange nicht mehr.

„Komm mit uns", sagte sie zu ihm. „Du hast genug gelitten. Vertrau mir."

Toni rappelte sich hoch und folgte den beiden ohne ein Wort. Es war so, als wenn sie ihn an einer unsichtbaren Leine hinter sich herzogen.

Es dauert nicht lange und sie kamen zu einem kleinen Haus. Toni ließ sich auf der Bank, die davor stand, nieder und wusste immer noch nicht so genau, was um ihn herum geschah. Die junge Frau setzte sich neben ihn und griff nach seiner Hand, Toni zuckte bei dieser Berührung zusammen.

„Ich bin dir eine Erklärung schuldig", sagte sie und begann zu erzählen. „Es stimmt! Die Fee Lana und ich sind ein und dieselbe Person."

Als Toni das hörte, zuckte er erneut zusammen.

„Keine Angst! Mein Name ist wirklich Lana. Ich bin der Schutzpatron dieses Waldes. Ich habe magische Kräfte und kann deshalb unterschiedliche Gestalten annehmen. Dir bin ich als Fee erschienen. Ich war aber auch die Eule, die du in der ersten Nacht vernommen hast. Ebenso das Licht, welches Elias gesehen hat. Wie du siehst, du warst niemals alleine, auch wenn es sich für dich so angefühlt hat. Ich habe bei unserem ersten Treffen sofort gespürt, dass du ein gutes Herz besitzt. Aber durch die grausamen Geschehnisse bist du etwas vom Weg abgekommen. Ich wollte dir nur helfen, dein wahres ICH wieder zu finden."

„Und deshalb musstest du mich zu so einem Monstrum machen?"

„Ja, das musste ich. Denn nur so konntest du dich darauf besinnen, wer du einmal warst. Du hast Elias ohne zu überlegen geholfen, obwohl du nicht wusstest, ob du das überlebst. Das machen nur Menschen, die ein reines Herz besitzen. Deshalb werde ich dir einen Wunsch erfüllen."

„Kannst du meine Familie zurückbringen?"

„Nein, das kann ich nicht! Aber du kannst sie noch einmal aus glücklichen Tagen sehen, wenn du das möchtest."

Toni nickte, ohne ein Wort zu sagen.

„Komm mit mir", sagte Lana und führte Toni zu einem Bach. „Sieh hinein, und du wirst sie sehen."

Er tat wie ihm gesagt und blickte in das Wasser. Toni und seine Frau saßen auf einer Wiese. Er hatte sie im Arm, und sie schauten dabei zu, wie ihr kleines Mädchen hinter einem Schmetterling herlief. Tränen liefen ihm über das Gesicht. Während der ganzen Zeit klammerte er sich an die Puppe seiner kleinen Tochter.

Er wandte sein Gesicht ab und blickte zur Seite. Auf einmal ging ein Ruck durch seinen Körper.

„Bitte schau noch einmal hinein!", bat Lana ihn.

Toni blickte erneut ins Wasser, und was er sah versetzte ihn in Staunen. Er erkannte sein altes Gesicht. Keine Narbe, keine hässliche Fratze war mehr zu sehen. „DANKE", sagte er und fiel Lana um den Hals.

Elias hatte mit etwas Abstand das ganze Geschehen beobachtet. Er gesellte sich zu ihnen. „Wo willst du jetzt hin?", wollte er von Toni wissen.

„Ich weiß es nicht. Ich habe doch alles verloren, was mir lieb und teuer war."

„Du hast aber auch etwas Neues dazugewonnen", antwortete der Junge.

Toni schaute ihn verwundert an.

„Freunde", erwiderte er. „Bleib bei uns. Wir können dir deine Familie nicht ersetzen und das wollen wir auch nicht. Aber du kannst hier bei uns einen Neuanfang starten." Und als Elias das sagte, schaute er dabei seine Mutter flehend an.

Diese nickte zustimmend. Toni nahm diese Chance, seinem Leben wieder einen neuen Inhalt zu geben, dankend an, und von nun an lebten sie glücklich und zufrieden zusammen.

Sternenstreif

Emma liebt Ponys und Pferde. Und wie jedes Mädchen ist sie auch ganz verrückt nach Einhörnern. Bisher hat sie noch nie eins gesehen. Ihre Mama sagt immer, die gibt es im realen Leben nicht. Das mag sein, trotzdem hat das Mädchen ein Einhorn zum Freund.

Bist Du jetzt neugierig geworden? Dann erzähle ich mal weiter.

Wieder befindet sich Emma auf dieser wunderschönen Blumenwiese. Sie pfeift auf den Fingern und schaut gebannt zum nahe gelegenen Wald. Doch nichts geschieht. Erneut durchbricht ein Pfiff die Stille. Da stimmt doch was nicht, kommt es Emma in den Sinn. Wo war Sternenstreif? Sie kam sonst immer. Da ist bestimmt etwas passiert.

Schnell läuft das Mädchen in den Wald und ruft immer wieder den Namen. Aber von Sternenstreif ist nichts zu sehen.

Traurig setzt sie sich unter einen Baum. Plötzlich hört sie ein Rascheln. Neugierig schaut sie in die Richtung, aus der sie das Geräusch vernommen hat. Aber nichts ist zu sehen.

Was sollte sie nun tun? Abwarten, ob etwas passiert oder lieber selbst nachschauen?

Sie steht auf, geht zögerlich auf einen Busch zu und ruft laut: „Wer ist da? Komm raus! Ich habe keine Angst vor dir! Zeig dich!" Aber nichts geschieht.

Sie will gerade wieder rufen, da spürt sie, dass ihr irgendetwas ins Bein pikst. Verwundert schaut sie nach unten und erblickt ein kleines Männlein.

„Wer bist du denn?", will sie wissen. „Und weißt du, wo Sternenstreif ist?"

„Was soll ich jetzt zuerst beantworten? Immer diese Menschen! Sie wollen gleich alles auf einmal wissen. Und diese Ungeduld", antwortet das Kerlchen spöttisch. „Und wie heißt du eigentlich?"

„Tut mir leid. Ich bin Emma. Eigentlich wollte ich mich mit Sternenstreif auf der Wiese treffen. Aber sie ist nicht gekommen. Und du bist …?"

„Ich bin Arian. Ein Gnom und passe darauf auf, dass es den Tieren hier im Wald gut geht. Aber jetzt, wo du es sagst: Das Einhorn habe ich heute auch noch nicht gesehen. Komisch."

„Ja, wirklich eigenartig. Wir müssen es suchen. Bestimmt ist ihm etwas passiert. Los, lass uns suchen."

„Mädchen. Das bringt doch nichts. Wo willst du anfangen? Wir fragen Amalia mal. Die weiß alles."

Emma will gerade nachfragen, wer Amalia ist, da taucht eine wunderschöne große Eule auf.

„Ihr sucht also Sternenstreif? Die Hexen haben sie gefangen genommen."

„Wieso das?", fragt Emma besorgt.

„Die wollen die Haare ihrer Mähne. Die Hexen glauben, dass das Haar magische Kräfte besitzt. Deshalb halten sie sie gefangen - und ich bin mir sicher, sie werden sie auch nicht mehr frei lassen."

„Wieso das nicht?"

„Mädchen, das ist doch logisch. Wenn sie die Mähne abschneiden, wächst sie irgendwann wieder nach. So wie das auch bei euren Haaren ist. Sie wären dumm, wenn sie Sternenstreif gehen ließen. Vor allem, wenn man bedenkt, wie verrückt die Hexen nach diesen Haaren sind. Mädchen, die siehst du nie wieder."

„Weißt du, wo sie sie gefangen halten?"

„Natürlich. Ich weiß alles. Du musst durch diesen Wald und dann dahinten über den kleinen Hügel. Dann kommt erneut ein Wald, und da haben die Hexen ihr Lager. Aber sei auf der Hut! Sie dürfen dich nicht entdecken. Sonst nehmen sie dich auch gefangen."

Emma schluckt. Egal. Sternenstreif ist meine Freundin. Ich muss sie retten. „Kommst du mit, Arian?"

„Na klar, aber du musst mich tragen. Ich bin nicht so schnell wie du."

Und noch bevor der Gnom etwas sagen kann, nimmt Emma ihn auf den Arm und rennt los.

Als sie den Hexenwald erreichen, bleibt das Mädchen stehen und schnappt nach Luft. „Hast du einen Plan?", will der Gnom wissen. „Wir können da ja nicht einfach so reinspazieren und das Einhorn mitnehmen."

„Du musst die Hexen ablenken, und ich befreie Sternenstreif."

„Und dann?"

„Keine Ahnung, aber wir müssen es schaffen. Ohne uns ist sie verloren."

Als die zwei das Lager erreichen, sehen sie, dass nur vier Hexen um ein Lagerfeuer sitzen. Das Einhorn liegt auf dem Boden. Beim genauen Hinsehen erkennt Arian, dass die Beine zusammengebunden sind.

„Die anderen sind bestimmt unterwegs. Das ist unser Glück", flüstert der Gnom.

„Wieso kann Sternenstreif sich nicht befreien?", will Emma wissen. „Ihr Horn hat doch magische Kraft. Sie bräuchte die Fesseln nur damit berühren - und schon wäre sie frei."

„Die Seile der Hexen sind verzaubert. Da nützt ihre Magie nichts. Pass auf, ich habe eine Idee", und schon flüstert er dem Mädchen etwas ins Ohr.

„Das ist ein super Einfall. Aber pass auf, dass dir nichts passiert."

Arian nickt, und schon rennt er schreiend und stockschwingend auf die Hexen zu. Die wissen im ersten Moment überhaupt nicht, was los ist. Die Gelegenheit nutzt Emma und schleicht zu dem Einhorn. Sie zerrt an den Seilen und schafft es, sie zu lösen.

„Jetzt aber nichts wie weg."

„Komm, steig auf. Dann sind wir schneller."

„Wir dürfen den Gnom nicht vergessen. Nicht auszudenken, was die Hexen machen, wenn sie ihn zu fassen bekommen", sagt das Mädchen besorgt.

Das Einhorn deutet zum Himmel. „Schau nach oben. Wir bekommen Hilfe. Jetzt aber flott. Sitz auf!"

Das lässt sich Emma nicht zweimal sagen. Sie springt auf Sternenstreifs Rücken und schon galoppiert sie los. Da Emma reiten kann, ist es für sie nicht schwer, sich auf dem Rücken zu halten. Und nun sieht sie auch, was das Einhorn mit 'Schau nach oben. Wir bekommen Hilfe' meinte. Aus dem Augenwinkel sieht sie, wie eine riesige Eule nach unten stürzt, den Gnom mit ihren mächtigen Krallen greift und sich in Windeseile wieder in die Lüfte erhebt.

Die Hexen schreien wild durcheinander, und bevor sie richtig realisieren, was gerade passiert ist, sind Emma, Sternenstreif, Amalia und Arian verschwunden. Was für eine Flucht!

Das Einhorn stoppt erst wieder, als sie auf der Blumenwiese sind. Emma rutscht vom Rücken und lässt sich ins Gras fallen. Vor lauter Glück laufen ihr ein paar Tränen über das Gesicht.

„Danke, meine Freundin. Ohne dich wäre ich verloren."

„Wofür hat man Freunde", antwortet Emma. „Es tut mir so leid, dass die Hexen deine Mähne abgeschnitten haben."

„Die wächst wieder nach. Schau mal in den Himmel."

Als Emma nach oben blickt, erkennt sie die Eule mit dem Gnom auf dem Rücken. Sie winkt ihnen zu und ruft laut: „Bis bald. Wir sehen uns wieder!" Und schon verliert sie sie aus dem Blick.

Das Einhorn legt sich zu dem Mädchen ins Gras. „Nun ist alles gut", sagt es erleichtert und stubst sie dabei vorsichtig mit ihrem Horn an.

Emma strahlt über das ganze Gesicht. Sanft streichelt sie das glitzernde Fell und schläft ein.

Als sie wieder wach wird, liegt sie in ihrem Bett. Verwirrt schaut sie sich um. Wo bin ich? Wo ist Sternenstreif? Da kommt ihre Mutter ins Zimmer. „Hast du geträumt, mein Kind? Schau mal, wie zerwühlt dein Bett ist."

„Ich war bei Sternenstreif."

„Wieder dieses Einhorn! Du weißt, das gibt es nicht! Jetzt aber schnell! Du musst zur Schule!" Und schon verlässt die Mutter das Zimmer.

Emma krabbelt aus dem Bett. Was ist das denn?! Ihr Schlafanzug glitzert. Genauso wie das Fell von Sternenstreif. Glücklich sagt sie: „Bis heute Nacht, meine Freundin. Dann sehen wir uns erneut."

DANKESCHÖN an Gudrun Krug, dass ich ihre Verse hier mit Ihnen teilen darf.

Von Kunigunde, Hieronymus und Willibald

Wenn ich an meine Kindheit denke,
die mir Freiheit und Freude auf das Leben schenkte.
Unbeschwert sein 365 Tage lang im Jahr.
Auch die Schulbank drücken – das war klar.
Doch war es Zeit ins Bett zu gehen,
am Abendhimmel sah ich die Sterne stehn.
Nun konnte ich so herrlich träumen,
von Elfen, Feen, Hexen und Zauberbäumen.
Viele Erinnerungen sind mir geblieben.
Davon habe ich nun eine aufgeschrieben.
Es lebte einst in einem großen Zauberwald,
ein Zwerg mit dem schönen Namen Willibald.
Seine Liebe machte er sich zum Beruf,
indem er selbst gemachte Möbel schuf.
Schon früh am Morgen stand er auf,
so nahm das Tagwerk seinen Lauf.
Sägen und schleifen bei Tischen und Bänken.
Lackieren und schrauben bei Stühlen und Schränken.
Doch kam er am Abend von der Arbeit heim,
fühlte er sich oft erschöpft und sooo allein.

Er hatte einen Freund, Hieronymus die Schnecke,
der eines Tages die gute Idee in ihm weckte:
„Du brauchst eine Frau und zwar schnell.
Wir gehen zum Zauberbaum, gleich wird es hell."
Beide machten sich auf den Weg, es war nicht weit,
doch mit Hieronymus benötigte man etwas Zeit.
Endlich angekommen – schon umarmte Willibald den Giganten mit all seiner Kraft.
Damit hatte er ihn nun zum sprechenden Blattwerk gemacht.
„Ich möchte eine Frau, es ist mein großer Traum.
Du musst mir dringend helfen, lieber Zauberbaum."
Als er die Bitte des Zwerges hatte vernommen,
war ein leuchtender Sternenregen über ihn gekommen.
„Geh wieder nach Hause und du wirst es sehn,
schon bald wird eine Frau dir zur Seite stehn."
Willibald war guter Dinge, der Baum wünschte ihm Glück,
so ging es in kleinen Schritten wieder zurück.
Der Zauberwald lag im Nebel, bedeckt auch von Morgentau,
da hörten beide Hilferufe von einer Frau.
Kunigunde war gefallen, hoffentlich nicht in den See.
Er war tief, dunkel und bitterkalt, oh je.
Sie konnte nicht schwimmen, so kam es dann eben,
hier kämpfte sie jetzt um ihr Leben.
„Holt mich hier raus", rief sie und Willibald reagierte entspannt.

Reichte Kunigunde zur Rettung hilfreich die Hand.
Glücklich, aber nass bis auf die Knochen,
hörte man jetzt ihr Herz laut pochen.
Willibald verabschiedete sich freundlich von Hieronymus,
bekam Kunigunde schon bald ihren ersten Kuss?
Langsam gingen sie nach Hause, die Zwergenfrau blieb über Nacht.
Am nächsten Morgen hatte sie Willibald zum glücklichsten Zwerg im Zauberwald gemacht.
Diese beiden hatten sich nun endlich gefunden,
verlebten Jahre, Monate, Tage und Stunden.

Immer werden sich die Menschen ihre Märchen bewahren,
aus ihren so herrlich unbeschwerten Kindertagen.

© Gudrun Krug

Buchtipp: Willkommen zu Hause Amy
Teil 1 und 2

Buchbeschreibung:
„Willkommen zu Hause, Amy" ist eine wundervolle Familiengeschichte, die von Zuversicht, Mut, Liebe und dem Glauben an die eigene Kraft handelt.

Seit Amy denken kann, lebt sie im Heim. Ihre Mutter hat sie weggegeben, weil das Mädchen wegen einer Muskelschwäche körperbehindert ist.

Im Heim hat Amy aufgrund ihres Handicaps kein leichtes Leben. Sie wird von den Kindern gehänselt und drangsaliert. Ihr einziger Freund ist Mischlingshund Max, der sie auf Schritt und Tritt begleitet.

Erst nach Jahren erfährt Amy Mitgefühl, denn Mary, eine Freundin der Heimleiterin, holt sie zu sich auf die Farm. Eigentlich könnte sie glücklich sein, jetzt, wo ihr Traum von einer liebevollen Familie doch noch in Erfüllung geht. Aber dem steht ein großes Hindernis im Weg: Sie kann einfach nicht vertrauen! Doch schon bald stellt sich heraus, dass sie auf der Farm nicht die Einzige ist, die ihr Vertrauen verloren hat ...

Das Buch ist illustriert von der Künstlerin Karina Pfolz, sodass der Leser noch mehr in Amys Welt eintauchen kann.

Produktinformation:
Herausgeber: BoD – Books on Demand
Sprache: Deutsch
Taschenbuch: 216 Seiten
ISBN-10: 3756898393
ISBN-13: 978-3756898398
Auch als E-Book erhältlich!

**Illustrationen
Willkommen zu Hause, Amy Teil 1 und 2
ISBN: 978-3-7568-9839-8
von Karina Pfolz**

Kinderbuchreihe Nepomuck und Finn

Wenn ein Kobold und eine Maus aufeinandertreffen, kann das nur spannend werden.

Kobold Nepomuck und Mäuserich Finn sind dicke Freunde. Überall wo sie auftauchen, ist etwas los und es wird nicht langweilig. Sie haben es faustdick hinter den Ohren und sind stets zu Abenteuern bereit.

Mittlerweile gibt es schon sechs gemeinsame Werke und ihre Fangemeinde wächst stetig.

Sie erfreuen nicht nur Kinder, auch Erwachsene können den Charme dieser zwei liebenswerten Chaoten nicht widerstehen.

Hier treiben Nepomuck und Finn gemeinsam ihr Unwesen:

Buchtipp „Nepomuck und Finn: Abenteuer in Norwegen"
Viel zu lange haben sich Mäuserich Finn und Kobold Nepomuck schon nicht mehr gesehen. Doch es gibt da einen Plan!
Begleite die Mäuse und Kater Merlin auf ihrer aufregenden Reise über das Meer nach Norwegen und überrasche Nepomuck in seinem Kobolddorf. Erlebe ein wundervolles Sommerfest und aufregende Abenteuer mit den Freunden.
Als besonderes Bonbon gibt es diesmal Rezepte für landestypische Leckereien und zusätzlich ein paar tolle Ausflugstipps für Oslo.
Viel Spaß und gute Fahrt!
Mit Illustrationen von Andrea Horbach.

Produktinformation:
Taschenbuch: 88 Seiten
ISBN-10: 3756232409
ISBN-13: 978-3756232406
Auch als E-Book erhältlich!

Buchtipp" Nepomucks und Finns Backstube"
Willkommen in Nepomucks und Finns Backstube.
Liebt Ihr Kekse und Plätzchen genauso wie Nepomuck und Finn? Und könnt Ihr nicht genug davon bekommen, wenn durch das Haus oder die Wohnung der herrliche Geruch von frischem Gebäck zieht? Mmmh, da läuft einem doch gleich das Wasser im Mund zusammen. Wenn das bei Euch auch so ist, ist dieses Buch genau das richtige.
Hier findet Ihr Rezepte für die ganze Familie, für Geburtstage, Feiern oder einfach nur, um Euch selbst zu verwöhnen. Naschereien schmecken schließlich immer.
Nepomuck und Finn wünschen viel Spaß beim Nachbacken und Guten Appetit!

Produktinformation:
Taschenbuch: 88 Seiten
ISBN-10: 3754373587
ISBN-13: 978-3754373583
Auch als E-Book erhältlich!

Buchtipp „Nepomuck und Finn: Mission Umweltschutz"
Dicke Luft, Müll im Wald und Gift im Wasser: Unsere Umwelt ist in Gefahr und damit leider auch unsere Gesundheit!
Kobold Nepomuck und Mäuserich Finn machen sich große Sorgen um die Natur. In ihren Geschichten erzählen sie Dir von ihren Erlebnissen in deutscher und englischer Sprache.
Die Verschmutzung von Wald, Gewässern und Luft geht uns alle etwas an. Niemand ist zu jung oder zu alt, und es ist höchste Zeit, endlich zu handeln.
Begleite die beiden Freunde auf ihrer wichtigen Mission, und hilf ihnen, aktiv etwas für unseren Planet Erde zu tun.
Natürlich gibt es zum Schluss als Bonbon wieder eine kleine Überraschung. Du darfst also schon mal gespannt sein! Doch vorerst viel Spaß beim Lesen!
Bad air, trash in the forest and poison in the water: our environment is in danger and unfortunately, with it so is our health!
Goblin Nepomuck and Mouse Finn are very worried about nature. In their stories they tell you about their experiences in German and English.
The pollution of forests, water and air concerns all of us. Nobody is too young or too old and it is high time to finally do something.
Accompany the two friends on their important mission and help them to actively do something for our planet Earth.
Of course as usual, there is a little "surprise candy" at the end. So you can already be curious! But for now, have fun reading!

Produktinformation:
Taschenbuch: 88 Seiten
ISBN-10: 3751997474
ISBN-13: 978-3751997478
Auch als E-Book erhältlich!

Buchtipp „Ostern mit Nepomuck und Finn"
Hast Du Lust, das Osterfest mit Nepomuck und Finn zu feiern?
Der Kobold macht sich auf den Weg, um seine Mäusefreunde zu besuchen. Natürlich geht es dabei turbulent zu, und alle Nepomuck-Finn-Fans kommen wieder voll auf ihre Kosten!
Neben einer spannenden Geschichte warten diesmal unter anderem tolle Basteltipps auf Dich!

Produktinformation:
Taschenbuch: 88 Seiten
ISBN-10: 375040772X
ISBN-13: 978-3750407725
Auch als E-Book erhältlich!

Buchtipp „Weihnachten mit Nepomuck und Finn"
Kobold Nepomuck und Mäuserich Finn möchten Dir das Warten auf Weihnachten verkürzen.
Deshalb haben sie extra Geschichten und Reime geschrieben.
Natürlich gibt es auch Rezepte für Kekse und Plätzchen, denn was wäre die Weihnachtszeit ohne köstliche Leckereien.
Und wer die zwei kennt, weiß, dass sie auch noch die eine oder andere Überraschung für Dich parat haben.

Produktinformation:
Taschenbuch: 84 Seiten
ISBN-10: 3744890147
ISBN-13: 978-3744890144
Auch als E-Book erhältlich!

Buchtipp „Neue Abenteuer mit Nepomuck und Finn"
Kobold Nepomuck und Mäuserich Finn nehmen Dich auf spannende Abenteuer mit.
Sei gewiss, wo die zwei auftauchen, ist immer etwas los. Sie haben es nämlich faustdick hinter den Ohren und sind stets zu neuen Späßen aufgelegt. Freundschaft und gegenseitiges Vertrauen sind sehr wichtige Aspekte in dieser Geschichte. Denn, wer wünscht sich nicht einen Freund, auf den er sich voll und ganz verlassen kann?! Zusätzlich gibt es passende Ausmalbilder zum Text.
So kannst Du Deiner Kreativität freien Lauf lassen und das Buch nach Deinen Vorstellungen mitgestalten.
Natürlich warten am Ende auch noch ein paar tolle Überraschungen auf Dich!
Neugierig geworden?
Dann nichts wie los!

Produktinformation:
Taschenbuch: 112 Seiten
ISBN-10: 3749454280
ISBN-13: 978-3749454280
Auch als E-Book erhältlich!

Mehr über Nepomuck und Finn unter:
https://nepomuck-und-finn.jimdosite.com/

Danke

Der größte Dank geht an meine Eltern, weil sie immer für mich der Fels in der Brandung sind und mir helfen, all meine Höhen und Tiefen zu überwinden.

An meine Freunde, die immer da sind, wenn ich mal eine starke Schulter zum Anlehnen, zum Zuhören, zum Trösten, zum Weinen, aber auch zum Lachen, brauche.

An meine Autorenfreunde
Heidi Dahlsen
http://autorin-heidi-dahlsen.jimdofree.com/

Christine Erdiç
http://christineerdic.jimdofree.com/
https://literatur-reisetipps.blogspot.de/

für ihre kreative Unterstützung, unermüdliche Hilfe und dass sie mir immer mit Rat und Tat zur Seite stehen.

Autorenprofil

Britta Kummer wurde 1970 in Hagen (NRW) geboren. Heute lebt sie im schönen Ennepetal und ist gelernte Versicherungskauffrau.

Die Freude am Schreiben hat sie im Jahre 2007 entdeckt und seit dieser Zeit bestimmt es ihr Leben.

Sie schreibt Kinder-, Jugend- und Kochbücher. Zusätzlich gibt es auch zwei Bücher zum Thema MS. Diese sind aber keine Fachbücher über die Krankheit MS (Multiple Sklerose), sondern die MS-Geschichte der Autorin.

**Weitere Informationen finden Sie unter:
http://brittasbuecher.jimdofree.com/**

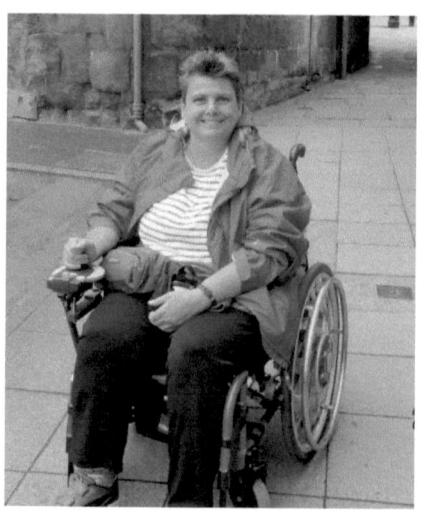

Bücher der Autorin

Nepomuck und Finn: Abenteuer in Norwegen, ISBN: 978-3-7562-3240-6
Nepomucks und Finns Backstube, ISBN: 978-3-7543-7358-3
Nepomuck und Finn: Mission Umweltschutz, ISBN: 978-3-7519-9747-8
Ostern mit Nepomuck und Finn, ISBN: 978-3-7504-0772-5
Weihnachten mit Nepomuck und Finn, ISBN: 978-3-7448-9014-4
Neue Abenteuer mit Nepomuck und Finn, ISBN: 978-3-7494-5428-0
Willkommen zu Hause, Amy Teil 1 und 2, ISBN: 978-3-7568-9839-8
Pferde erzählen, ISBN: 978-3-9611-1618-8
Zac und der geheime Auftrag, ISBN: 978-3-9611-1668-3
Die Abenteuer des kleinen Finn - eine spannende Mäusegeschichte für die ganze Familie, ISBN: 978-3-7534-9967-3
Kummers Kindergeschichten, ISBN: 978-3-7386-0100-8
Kummers Kindergeschichten 2, ISBN: 978-3-7392-3824-1
Kleine Mutmachgeschichten, ISBN: 978-3-9030-5644-2
Mein Leben mit MS, ISBN: 978-3-9030-5642-8
Mein Leben mit MS 2, ISBN: 978-3-9654-4078-4
Weihnachtsgeschichten … und noch mehr, ISBN: 978-3-7386-4553-8
Gut geschmiert in den Tag: Brittas und Edes Marmeladengenuss, ISBN: 978-3-7481-2597-6
Kummers süße Verführungen, ISBN: 978-3-7562-2368-8
Kummers vegetarische Köstlichkeiten – einfach nur lecker, ISBN: 978-3-7562-0691-9
Vegetarisches Grillvergnügen – so einfach geht's, ISBN: 978-3-7526-8395-0
Köstlich vegetarisch - Meine Lieblingsgerichte ISBN: 978-3-7519-9382-1
Vegetarisch für die ganze Familie, ISBN: 978-3-7448-9344-2
Kummers Suppentöpfchen, ISBN: 978-3-7386-1124-3
Kummers Ofengerichte, ISBN: 978-3-7431-4125-4
Kummers Schlemmerkochbuch - das etwas andere Kochbuch!, ISBN: 978-3-7534-4391-1
Vegetarische Weltreise, ISBN: 978-3-7528-3915-9
Vegetarischer Genuss - Quer Beet, ISBN: 978-3-7481-6766-2
Vegetarisch für Jedermann [Kindle Edition], ASIN: B079YGP512
LIES MICH ! - Leseproben aus tollen Kinderbüchern [Kindle Edition], ASIN: B096YZ5VDN
KOCH MICH ! – Rezeptideen aus Kochbüchern und brandneue Rezepte, [Kindle Edition], ASIN: B0BLQJCBNV

Es gibt mehr Schätze in Büchern als Piratenbeute auf der Schatzinsel ...
und das Beste ist, du kannst diesen Reichtum jeden Tag deines Lebens genießen.

Walt Disney